옥에 흙이 묻어

이동렬의 옛시조 감상

옥에 흙이 묻어

1판 1쇄 발행	2021년 3월 20일
지은이	이동렬
발행인	이선우
펴낸곳	도서출판 선우미디어

등록 | 1997. 8. 7 제305-2014-000020호
130-100 서울시 동대문구 장한로12길 40, 101동 203호.
☎ 2272-3351, 3352 팩스: 2272-5540
sunwoome@hanmail.net
Printed in Korea ⓒ 2021. 이동렬

값 13,000원

※ 잘못된 책은 바꿔 드립니다.
※ 저자와 협의하여 인지 생략합니다.

ISBN 978-89-5658-656-4 03810

이동렬 교수의 옛시조 감상

옥에 흙이 묻어

선우미디어 sunwoomedia

책머리에

이 책은 나의 옛시조에 관한 책으로는 3번째 책이다. 코로나바이러스로 집 밖으로는 절대 나가지 말라는 정부의 간곡한 부탁이 있어서 집 안에만 한 4주를 갇혀 있으니 답답해서 미칠 것만 같았다. 탱자나무 울타리만 있다면 옛날의 위리안치(圍籬安置) 형벌과 다를 게 무어람. 그러나 책을 쓰기에는 더없이 좋은 기회였다.

나는 어려서부터 옛시조를 좋아했다. 한창때는 300여 수를 외운다고 뽐내고 다녔다. 외우려고 애를 썼다기보다는 그때 내 기억력이 펄펄 날던 시절, 한두 번 읽으면 끝이 난다. 지금도 한 50수는 자신 있는 것 같으나 시험해 보지는 않았다.

> 백년도 잠깐이요 천년도 꿈이라더니
> 여름날 하루 해가 이리도 길다더냐
> 인생은 유유히 살자 바쁠 것이 없느니

안동에서 중학교를 다닐 때 1학년 국어 시간에 노산(鷺山) 이은상의 〈적벽 놀이〉에 나오는 노래로 기억하고 있다. 나는 순도 100%의 시골뜨기-. 도시 아이들보다는 더 유유히, 느릿느릿 살았다고 생각되는 데도 벌써 80년 세월이 구름 저쪽으로 가버렸다.

정조 때 북학 4대가의 한사람으로 꼽히던 강산 이서구가 집에서 대궐로 가다가 지게에 책을 지고 오는 한 소년을 만났다. 한 열흘 뒤에 같은 데서 또 그 소년과 마주쳤다. 의아한 생각이 들어 물어보았다.

이서구 : 내가 열흘 전에 이 자리에서 네가 책을 지고 가는 것을 보았는데
　　　　오늘 또 여기서 만났네. 도대체 책을 지고 너는 어딜 그렇게 쏘다
　　　　니느냐?
소년 : 책을 읽으러 북한사에 갔다가 돌아오는 길입니다.
이서구 : 무슨 책이냐?
소년 : 통감입니다.
이서구 : 통감을 어찌 열흘에 다 읽는단 말이냐?
소년 : 읽은 게 아니라 외웠습니다.

　이서구가 지게에서 몇 권 뽑아 여기저기 시험해 보니 소년은 정말로
횅하게 외우고 있는 게 아닌가. 황현의 〈매헌야록〉에 있는 이야기로는
이 소년이 다산(茶山) 정약용이었다.
　정다산 같은 머리에 비하면 내 머리는 스펀지(Sponge)에 지나지 않
을 게다. 그러나 말 가는 데 소 간다는 말이 있지 않은가. 나 같은 유유
느림보가 있어야 다산 같은 사람이 더욱 빛을 뿜게 되는 것이다.
　이 책에서는 김종오의 〈옛시조 감상〉, 성낙윤의 〈고시조 산책〉, 이
태극의 〈우리의 옛시조〉, 조두현의 〈고시조 감상과 해설〉을 많이 참고
하였다. 그리고 그 내용이 너무나 분명해서 별다른 해석이 필요 없는
것은 해설도 감상도 없이 독자들에게 맡기기로 했다.
　모쪼록 많은 사람이 이 두서없이 쓴 책을 읽어주면 그 이상 영광은
없겠다. 이번에도 〈선우미디어〉의 이선우 사장과 토론토의 강경옥 여
사의 도움이 없었으면 이 책은 세상에 나오지 못했을 것이다. 고맙고
고맙다.

2021년 꽃 피는 5월
캐나다 토론토 국제 공항 옆 陶泉書廚에서
저자 이동렬

차례

옥에 흙이 묻어

이동렬 교수의 옛시조 감상

가노라 삼각산아

가노라 삼각산아 다시 보자 한강수야
고국산천을 떠나고자 하라마는
시절이 하 수상하니 올동말동 하여라

※ **해설** : 삼각산은 한양의 진산이다. 백운, 인수, 국망의 세 봉우리가 빼어나서 이렇게 불린다. 높이는 836미터. 잘 있거라. 나는 간다. 삼각산아, 한강수야. 나는 지금 막 고국산천을 떠나야 하는 몸. 그러나 세월이 하도 어수선하니 다시 돌아오게 될지는 나도 잘 모르겠구나.

위의 노래는 인조 14년 병자호란이 일어나자 청과 최후까지 싸우기를 주장한 김상헌이 난리가 끝난 후 전범자로 청나라에 끌려가면서 지은 충절가이다. 청군이 공격해오자 임금 인조는 남한산성에 들어가 적군에 포위되어 40여 일을 버티다가 결국에는 산성에서 나와서 삼전나루에서 청의 태종에게 항복하고 말았다. 산성에 포위되어 있을 때는 적과 화해를 하자는 주화파와 마지막 한 사람까지 싸우자는 주전파 간에 열띤 논쟁이 있었다. 주화파의 대표적 인물은 최명길이고 주전파의 대표적 인물은 김상헌이었다. 주전파 입장에서 보면 최명길 같은 주화파는 적에게 나라를 팔아먹는 매국 행위자로 보였고, 주화파 입장에서 보면 수십만의 군인과 백성이 죽는 판에 그나마 화친을 해서 이 큰 재난을 피해 보자는 심산이었다. 이 치열한 논쟁에서 승자는 주화파였다.

논쟁이 어느 정도 치열했는지 김상헌은 최명길이 쓴 항복문서를 찢어 버렸고, 최명길은 찢어버린 항서를 다시 줍는 일까지 있었다고 한다. 항복이 가까워져 오자 당시 예조 판서였던 김상헌은 자결하려다 뜻을 이루지 못했다. 1637년 1월 30일 인조는 세자와 함께 남한산성을 나가 한강 동편 삼전도에서 청 태종에게 무릎을 꿇고 산하의 예를 갖추어 항복하였다. 이러한 굴욕적인 역사를 남기게 된 것은 당시 집권당인 서인과 인조가 지나친 친명 사대주의에 빠져 국제 정세를 잘 읽어 내지 못한 것이 근본적인 원인이었다.

광해군의 실리주의의 노선을 따랐더라면 병자호란은 일어나지 않았을 것이라는 게 사가들의 일치된 의견이다. 청군은 철수하면서 50만 명에 이르는 조선 여인들을 끌고 갔는데 이들 여자들은 나중에 돈을 받고 조선에 되돌려 주려는 것이었다. 잡혀간 여인 중에는 많은 이들이 돈을 낼 형편이 못 되는 빈곤층의 여인들이 많았다. 돈을 내고 찾아온 여자들은 정절을 잃은 여자들이라고 동정의 대상이라기보다는 무시하고 경멸하는 대상으로 대하는 경우가 더 많아 이들에 대한 처리가 사회적 문제가 되었다.

호란이 끝난 뒤에 김상헌은 청과 싸우는 것을 주장했다는 이유로 청나라에 잡혀갔다. 김상헌은 일찍이 윤근수 문하에서 공부했고 병자호란 때 강화도에서 자결한 김상용의 동생이다. 일찍이 이언적과 이황을 배척하는데 앞장섰던 정인홍을 탄핵하다가 광주부사로 좌천되었다. 인목대비의 아버지 김제남이 죽임을 당할 때 파직되자 (김상헌의 아들이 김제남의 손서이다.) 화를 피해 안동 풍산으로 내려갔다. 청나라에 볼모로 갔다 온 효종이 북벌을 계획하자 김상헌은 힘을 받았다. 저서에는 ≪청음전집≫이 있고 양주 석실서원, 제주 귤림서원 등에 제향되었다.

> 이별하던 날에 피눈물이 난지만지
> 압록강 내린 물이 푸른 빛이 전혀 없네
> 배위에 허여 센 사공이 처음 본다 하더라

※ **해설** : 서울을 떠나던 이별의 날에 내가 피눈물이 났는지 아닌지 잘 생각도 나지 않는 경황 속에서 압록강 흐르는 물빛이 모두 피 빛이지 푸른 빛이 전혀 없구나. 배 위에서 머리가 허옇게 센 사공도 이런 것은 생전 처음 본다 하더라.

위는 병자호란 때 소현, 봉림을 모시고 심양에 다녀온 학곡(鶴谷) 홍서봉의 노래다. 1594년 문과에 급제하여 사서가 되었으며 성주목사 등을 역임하였다. 인조반정에 참여하여 병조참의가 되었으며 정사공신에 책록, 익녕군에 봉해졌다. 성품은 극히 둥글고 생활도 무척 검소한 것으로 이름나 있다. 병자호란이 일어나자 최명길과 함께 화해를 주장하였다. 소현세자가 갑자기 죽고 봉림대군이 세자에 책봉되자 이에 반대하고 세손으로 적통을 잇도록 주장하였다. 저서에는 ≪학곡집≫이 있다.

> 수양산 내린 물이 이제의 원루되어

주야불식하고 여흘여를 우는 뜻은
지금에 이국충정을 못내 설워하노라

※ 해설 : 백이와 숙제가 주나라 땅에서 난 곡식은 먹지 않겠다고 하며 숨어 살던 수양산에서 흘러 내려온 물은 물이 아니라 백이와 숙제의 원통한 눈물이다. 밤낮 그치지 않고 울며 울며 흘러가는 뜻은 오늘날 나라를 위한 충성심이 옛 날과는 달리 보잘 것 없음에 슬퍼서 그러는 것이다.

지은이는 조선 후기의 문신 화포(花浦) 홍익한이다. 이정구의 문인으로 병자호란 때 청과 화의를 반대한 삼학사의 한 사람이다. 척화론을 주장한 사람으로 지목되어 오달제, 윤집 등과 함께 청나라에 잡혀가 죽임을 당했다. 저서로는 ≪화포집≫과 ≪북행록≫이 있다.

위의 홍익한의 노래 〈수양산 내린 물이…〉는 애국 충전의 기상이 철철 넘치는 노래다. 김종오의 ≪옛시조 감상≫에는 이 노래는 안창호의 거국가(去國歌)가 생각나는 노래라고 적혀있다. 안창호의 노래를 적어 보자.

간다 간다 나는 간다 너를 두고 나는 간다
잠시 뜻을 얻었노라 까불대는 이 시운(時運)이
나의 등을 내밀어서 너를 떠나가게 하니
일로부터 여러 해를 너를 보지 못할지라
그 동안에 오직 너를 위해 일하더니
나 간다고 슬퍼마라 나의 사랑 한반도야

한반도를 마치 사랑하는 연인과 작별하는 심정과 우국충정의 심정을
느낄 수 있다.

　　책 덮고 창을 여니 강호에 배 떠 있다.
　　왕래 백구는 무슨 뜻 먹었는고
　　아서라 공명도 말고 너를 쫓아 놀리라

※ **해설** : 읽던 책을 덮고 창문을 열어젖히니 물위에 배가 한가로이 떠 있네. 오
락가락하는 갈매기는 무슨 뜻을 품고 저러는고. 아서라 공명을 이룰 생각도
말고 그저 저기 한없이 한가로워 보이는 갈매기로 살아가리로다.

　　위의 노래를 지은이는 조선 중기의 문신 동계(桐溪) 정온이다. 광해
군 때 영창대군이 정항에 피살되자 격렬한 상소를 올려 정항의 처벌을
주장하였다. 이에 광해군의 미움을 산 동계는 10년 동안이나 제주도에
서 위리안치(圍籬安置) 유배생활을 하였다.
　　인조반정이 성공하자 동계는 대사간, 이조참판, 대제학 등 청요직을
역임했다. 병자호란 때는 이조참판으로서 최명길 의화의 주장과 맞서서
청과 싸울 것을 주장하였다. 인조가 항복하자 분하여 스스로 목숨을 끊
으려 했으나 성공하지 못하고 모든 관직에서 사임, 덕유산에 들어가 숨
어 살다가 죽었다. 어려서부터 경상도에서 이름이 높던 조식, 정인홍
등을 흠모하여 그들의 강직한 기질을 보였다. 광주의 현절사, 제주의
귤림서원, 함양의 남계 서원에 제향되었다.

(2020. 5. 10)

갈 길이 멀다하나

갈 길이 멀다하나 재 넘어 내 집이라
세로 송림(細路 松林)에 달조차 돌아본다
가뜩이나 굶은 나귀를 몰아 무엇 하리요

※ 해설 : 갈 길이 멀다지만 고개 하나 넘으면 내 집이네. 오솔길 소나무 사이로 달까지 돋아오니 가뜩이나 굶은 나귀를 빨리 가자 급하게 몰아서 무엇하리.

어느 무명씨의 노래다.

그야말로 동양화에나 나올 법한 한가로운 풍경이다. 집에 거의 다 온 셈인데 오솔길 소나무 사이로 달까지 돋아오르니 금상첨화. 구태어 배고픈 말을 급하게 몰아서 갈 필요가 어디 있겠는가. 소나무 사이로 비춰오는 달뜨는 것이나 구경하며 천천히 가자. 산에 숨어 사는 도사(道師)일까, 그냥 일반 농부일까. 좌우간 평생을 도시에서 살던 사람들은 이해하지 못할 풍경이라는 생각이 드는 적적한 풍경이다.

벽오동 심은 뜻은 봉황을 보려터니

내 심은 탓인지 기다려도 아니 오고

무심한 일편명월(一片明月)이 빈 가지에 걸렸구나

※ **해설** : 봉황새를 보려고 벽오동을 심었는데 기다렸던 봉황은 아니 오고 나뭇 가지 사이로 무심한 초승달만 보이더라는 한적하고 쓸쓸한 기분이 배어드는 어느 무명씨의 작품이다. 봉황새는 상상으로만 존재하는 귀한 새, 용과 마찬 가지로 이 세상에는 존재하지 않는다. 동양에서는 용을, 서양에서는 봉황을 꼽는다.

철령 높은 고개 쉬어가는 저 구름아

고신원루(孤臣冤涙)를 비삼아 띄어다가

임 계신 구중궁궐에 뿌려본들 어떠리

※ **해설** : 철령 높은 고개를 넘어가는 저 구름아, 이 외로운 신하의 원통한 눈물 을 비[雨] 대신 띄어다가 임이 계신 대궐에 뿌려보는 것이 어떤가?

위의 노래는 백사(백사) 이항복이 인목대비 폐모론에 반대 하다가 귀 양을 가게 되어 철령고개 마루를 넘는 감화를 쓴 글이다. 사건의 시말은 다음과 같다. 임진왜란 후 천신만고 끝에 역경을 이기고 왕으로 등극한 광해군은 우선 조정의 기풍을 바로잡고 임진왜란으로 파탄에 이른 국가 재정을 회복하는 데 온 힘을 쏟았다. 그는 즉위하자마자 왕위 계승 과정 에서 계략을 부린 유영경과, 왕위를 도둑 맞았다며 왕권을 위협하고 광 해를 괴롭히던 천하의 부랑아 동복형 임해군을 유배시켜 죽였다. 1617 년 폐모론이 대두하자 이항복, 기자헌, 정인홍 등의 폐모 반대론자들을 유배 보내고 이듬해는 인목대비의 존칭을 폐하고 서궁에 유폐시켰다. 위의 시조는 유배 가는 도중에 지은 시조다.

조선의 사관들은 광해군은 폭정을 일삼은 백성을 위협하고 학대하는 정사를 편 사람으로 기록하고 있는데 오히려 그 반대가 맞는 말인 것 같다. 요새 젊은 사학도들의 말을 따르면 그는 민생구제에 주력하며 민생경제를 일으키는데 전력을 쏟은 왕이었다.

　　밝은 해 그늘져 대낮에도 희미하고
　　북풍은 나그네 옷 찢을 듯 불어댄다
　　요동 땅 성곽이야 그대로 있겠지만
　　떠나간 정령위 안 돌아올까 근심하네
　　白日陰陰晝晦微… 只恐令威去不歸

백사의 한문 시 한 수다. 위의 시에서는 밝은 대낮인데도 간신배들의 작당으로 임금의 판단을 흐리게 했다는 비유이다. 정령위는 중국 요동 사람으로 신선술을 배워 어디론가 떠나버렸다. 800년만에 한 마리의 학이 되어 돌아와 옛날 자기가 살던 데를 돌아보니 무덤만 즐비할 뿐 들에는 부는 바람소리뿐이었다. 허망하고 처량해서 길게 목을 빼서 한 번 울고는 떠나서 다시 돌아오지 않았다 한다. 그때 그 학이 와서 울었다는 성곽은 그대로 있건만 한 번 간 정령위는 다시 돌아오지 않는다는 것. 이항복은 귀양 가서 얼마 안 있어 유배지에서 죽었다. 아들처럼 사랑하고 아끼던 정충신("공산이 적막한데 슬피 우는 저 두견아 …")이

시체를 수습하여 장사를 지내주었다고 한다.

> 뉘라서 까마귀를 검고 흉타하던고
> 반포보은이 그 아니 아름다운가
> 사람이 저 새만 못함을 못내 슬퍼하노라

※ **해설** : 세상 사람들은 까마귀가 검고 흉하다 하여 멀리 한다. 그러나 까마귀는 새끼가 자라서 큰 까마귀가 되면 그의 어미에게 먹이를 물어다 주는 귀한 버릇이 있다. 이 어미에게 먹이를 물어준다는 것은 어머니의 은혜를 갚는다는 보은(報恩) 행동이란 말이다. 사람들은 까마귀를 흉조로 보지마는 사람은 까마귀보다도 못한 짓을 마구 저지르고도 불효를 뉘우치는 사람이 없으니 우리는 까마귀에서 효도를 배워야 한다는 시조다.

위의 지조는 지은이는 철종~고종 때의 가객으로 가곡의 명인 장우벽의 법통을 계승한 운애(雲厓) 박효관이다.

제자 안민영과 함께 3대 가곡집의 하나인 《가곡원류》를 편찬하였다. 고종의 아버지 흥선대원군의 총애를 받아 운애라는 호도 흥선대원군이 지어서 내린 것으로 알려져 온다.

> 까마귀 너를 보니 애닲고 애달파라
> 너 무슨 약을 먹었기에 머리조차 검었느냐
> 아마도 백발 검길 약을 얻을까 하노라

※ **해설** : 까마귀야 너를 보니 애가 타고 한스럽구나. 너는 도대체 무슨 약을 먹

었기에 머리까지 새까맣단 말이냐. 나는 아마 이 흰 머리칼을 까맣게 할 약을 너한테 얻을 수 있으면 좋겠구나.

백발을 검게 만들 약은 구하지 못해서 애가 탄다는 무명씨의 시조다. 요새 세상 같으면야 만원만 주면 머리를 까마귀 머리보다 더 검게 만들 약을 쉽게 구할 수 있는 세상. 그래서 이 시조를 쓴 무명씨에 보내는 나의 답장은 다음과 같다.

이 시조를 지은 무명씨에게:

세상을 너무 일찍 다녀갔네요. 지금 세상이라면 눈같이 하얗게 된 머리라도 까마귀같이 검게 만들어 주는 약이 무더기로 쏟아져 나오는데요. 앞으로는 신체 뿐만 아니라 마음도 젊어지는 약도 나올 것입니다. 그때가 오면 다시 한번 이 세상에 오십시오. 사람으로 태어나서 살아보시기를 바랍니다.

(2020. 1.)

대추볼 붉은 골에

대추볼 붉은 골에 밤은 어이 떨어지며
벼 벤 그루에 게[蟹]는 어이 내리는고
술 익자 체 장수 돌아가니 아니 먹고 어이하리

※ 해설 : 대추가 붉게 익은 곳에 밤은 웬일로 뚝뚝 떨어지며 벼를 벤 그루에 무슨 일로 게가 엉금엉금 기어나는고, 술 익자 술 거를 체 장수가 왔다 돌아가니 술 한 잔 안 마시고 어찌 배길 것인가.

강호에 봄이 드니 이 몸이 일이 많다
나는 그물 깁고 아이는 밭을 가니
뒷산에서 자라는 약초는 언제 캐려 하나니

※ 해설 : 농촌에 봄이 오니 이 몸이 할 일이 많아지는구나. 나는 그물 깁고 아이 놈은 밭을 가니 뒷산에 자라는 약초는 언제 캐려 하는고?

위의 시조 두 수는 세종 때의 명재상으로 알려진 황희의 시조다. 황희는 고려가 망했을 때 70여 명의 고려 유신과 함께 두문동에 은거했는데 태조 이성계의 간곡한 권유로 이 세상에 나왔다. 고려의 공양왕에서 시작한 벼슬은 조선의 태조, 정종, 태종, 세종, 문종까지 모두 여섯 임금을 섬긴 것이다. 황희는 맹사성, 유관과 더불어 조선 초기 3대 청백리 중 한 사람으로 꼽히면서 청백리의 전형으로 알려져 있다. 그러나 이는 사실이 아니며 잘못 전해진 이야기다. 사가들에 의하면 ≪조선 왕조 실록≫ 어디에도 황희가 청렴결백하다는 기록은 없다는 것이다. 오히려 그 반대, 그는 뇌물 수수, 관직 알선, 친인척 비리 비호 등 여러 곳에 연루되어 탄핵을 받았다. 그래서 특히 황희는 세종에게 크나큰 은혜를 입었다. 사헌부가 황희의 비리를 고발할 때마다 세종은 황희를 파면하는 형식을 취했다가는 일 년도 채 지나지 않아 그를 다시 등용했다 한다. 그러면서도 왜 황희는 청백리로 잘못 알려졌을까? 그의 일을 처리하는 능력 때문이다. 황희는 '이것도 옳고 저것도 옳다'라는 일화처럼 어느 한쪽이 절대적으로 옳다고 생각하는 성격이 아니었다는 것. 그는 사리에 매우 밝고 일을 능숙하게 처리하는 능력 때문이다. 황희는 '이것도 옳고 저것도 옳다'는 일화처럼 어느 한쪽이 절대적으로 옳다고 생각하는 성격이 아니었다는 것. 그는 사리에 매우 밝고 일을 능숙하게 처리하는 데 원칙보다는 변칙에 능한 인물이었다고 한다.

청백리란 재물에 대한 욕심이 없으며 곧고 깨끗한 관리를 일컫는 말이다. 조선시대를 통틀어 선정된 청백리는 219명에 이르지만 실제로 청백리가 시행된 것은 숙종 때 일이다. 조선시대의 청백리는 ≪전고 대방≫에는 219명, ≪청선고≫에는 186명이 기록되어 있으며 조선의 대표적 청백리로는 맹사성, 유관, 이현보, 이황, 이원익, 김장생, 이항복 등을 꼽을 수 있다.

강호에 봄이 드니 미친 흥 절로 난다

탁로 계변에 금린어 안주로다

이 몸이 한가하옵도 역(亦) 군은(君恩)이샷다

※ **해설** : 강호에 봄이 오니 미친 듯 흥이 솟는구나 시냇가에서 막걸리에 금방 잡아 올린 펄펄 뛰는 물고기가 안주로구나. 내가 이렇게 한가롭게 살 수 있는 것도 모두 임금님 은혜가 아닌가.

강호에 여름이 드니 초당에 일이 없다

유신(有信)한 강파는 보내느니 바람이로다

이 몸이 서늘하옵도 역(亦) 군은(君恩)이샷다.

※ **해설** : 여름이 오니 내 사는 초당에 할 일이 없구나. 미더운 강물은 시원한 바람을 보내주네. 아, 내가 서늘하게 사는 것 역시 우리 임금님의 은혜로구나.

위의 시조 세 수는 황희와 콤비로 세종을 좌우에서 보좌한 고불(古佛) 맹사성의 시조다. 맹사성은 봄, 여름, 가을, 겨울 4계절을 절기마다 노래하는 시조를 지었는데 종장마다 "…역(亦) 군은이샷다"(임금님은혜로구나)는 말로 끝을 맺고 있어 무척 고리타분해 보일 뿐만 아니라 문학성이 떨어지는 시조로 들린다. 마치 교회에 가면 대학입시에 합격한 것이 주의 은혜라고 하는 것과 마찬가지. 그러나 나는 불합격한 사실을 주님의 은혜(혹은 저주)로 보는 신도는 아직 한 번도 보질 못했다.

맹사성은 그의 아버지가 고려말 세상이 어지러워지자 온양에 내려가 은거했다. 아버지는 이성계가 불러도 벼슬에 나가지 않으나 아들은 달랐다. 황희와 더불어 조선 초기의 문화적 기틀을 다지는 데 큰 공헌을 했다. 맹사성은 성품이 맑고 깨끗하여 단정하고 검소하였다. 남루한 옷차림으로 다녔기에 실제 신분을 알게 된 수령이 너무 황급히 도망가다가 관인을 못에 빠뜨려 그 후에 그 못을 인침연(印沈淵)이라 부르게 되었다는 일화도 남아 있을 정도였다.

서거정에 의하면 맹사성은 음악에 조예가 깊어 하루에 서너곡씩 피리를 불고 악기도 자기가 손수 만들 때도 있었다 한다. 여름이면 소나무 그늘에 앉아 피리를 불고 겨울이면 방안 부들자리에 앉아 피리를 불었다. 당시 한 나라의 정승까지 맡고 있던 사람의 방에 온갖 장신구나 장서 대신 달랑 피리 하나만 있었다고 하니 음악에 대한 그의 열정을 알수 있다.

일순천리(一瞬千里) 간다 벽골송아 자랑마라
두꺼비도 강남 가고 말 가는데 소 가느니
두어라 지어지처(至於地處)니 네오제오 다르랴

※ **해설** : 한번 눈을 깜박하면 천리를 내다볼 수 있다는 송골매야 우쭐대지 말어라. 느려빠진 두꺼비도 멀리 강남까지 가고, 말 가는데 저 느리기로 유명한 소도 가는 세상이 아니냐. 아서라. 어디든지 발 닿는 곳에서 머문다지 않느냐. 너와 내 사이에 아무런 차이가 없다는 것을 알아두어라.

위는 정조 때 무과에 급제하여 형조판서를 지낸 김영의 작품이다. 시조 7수가 전한다. 위의 시조는 "감장새 작다하고 대붕아 웃지마라…"는 이택의 시조와 그 시조가 전하려는 뜻은 같다.

　　홍진을 다 떨치고 죽장망혜 짚신 신고
　　현금을 둘러메고 동천으로 들어가니
　　어디서 짝 잃은 학려성이 구름밖에 들린다.

※ **해설** : 속세의 먼지를 다 털어버리고 대나무 지팡이와 짚신을 신고 거문고를
　둘러메고 경치 좋은 골짜기로 들어가니 어디서 짝 잃은 외기러기 울음 소리
　가 먼 하늘에서 들려오는구나.

　위는 숙종 때의 가인 조은(釣隱) 김성기의 작품이다. 거문고와 통소
의 명인으로 젊었을 때는 활을 만드는 조궁장(造弓匠)이었다. 서울 큰
잔치에 김성기가 없으면 큰 흠으로 여겼다 할 만큼 인기가 대단하였다.
무척 가난하여 처자식들은 배고픔과 추위를 면치 못했으며 서호(지금의
서강)에 가서 고기 낚는 것을 상업으로 하며 살았다. 이런 이야기가 전
해 온다. 경종 때 삼급수(三急手) 무고를 하여 벼슬까지 얻은 목호룡이
권세가 등등할 때 자기 친구들 모임에 김성기를 간절히 청했다. 그러나
김성기는 병을 핑계로 거절하였다. 나중에는 목호룡이 협박을 했다.
"오지 않으면 내가 너를 욕되게 할 것이다." 이 말을 들은 김성기는 피
리를 심부름 온 사람에게 주며 "가서 목호룡에게 전해라. 나는 이제 일
흔 살인데 내가 어찌 너를 두려워하겠느냐." 이 말을 들은 목호룡은 기
가 꺾여 모임을 파했다고 한다.

처음에 모르더면 모르고 있을 것을

어인 사랑 싹 나며 움이 돋는가

언제나 이 몸에 열매 열려 휘들거려보려노

※ **해설** : 처음부터 몰랐더라면 차라리 모르고 있을텐데. 이제는 사랑이 싹 트고 움이 자꾸만 커가는구나. 언제 이 사랑 열매를 열어 흔들거려 보나.

위의 노래를 지은 김우규는 영조 때의 가인으로 경정산가단의 김천택, 김수장과 교분이 두터웠는데 시조 12수가 전한다.

(2020. 3.)

닻 들자 배 떠나니

닻 들자 배 떠나니 이제 가면 언제 오리
만경창파(萬頃蒼波)에 가는 듯 돌아오소
밤중만 지국총 소리에 애끊는 듯 하여라

※ **해설** : 배의 닻을 들자 배가 떠나니 이제 가면 언제 오겠소. 넓고 넓은 바닷길, 가자마자 되돌아오시옵소서. 밤중 노 젓는 소리가 내 창자를 쥐어짜는 듯이 아프오. 그야말로 부두의 이별이요 추미림 작사, 박시춘 작곡의 〈울며 헤진 부산항〉이다.

물아래 그림자 지니 다리 위에 중이 간다
저 중아 게 섯거라, 너 어디가노 말 물어보자
손으로 백운을 가리키며 말 아니하고 가더라

※ **해설** : 물위에 그림자가 비치기에 물 위를 쳐다보니 다리 위로 스님이 걸어간다. 스님 잠깐만요, 스님은 어디 가시는 길입니까? 스님은 대답 없이 끌고 가던 지팡이를 흰 구름 조각을 가리키며 돌아보지도 않고 가더라는 한 폭의 그림 같은 정경이다.

요새는 위의 시조에 나오는 스님처럼 멋과 여유를 가진 스님은 눈에 띄지 않는 세상이다. 한마디로 중 같은 중이 없는 세상―. 요새는 중들도 벤츠를 타고 거들먹거리는 세상, 지팡이 끌고 다리 위를 건너가는 중이 어디 있단 말인가. 중들만 그런 게 아니다. 중에 뒤질세라 목사들도 20억, 30억 짜리 집에 살고 거들먹거리며 대통령을 향해 "이 새끼, 저 새끼" 마구 욕을 해대는 세상이 아닌가. 이런 천한 목사가 다리 위를 걸어가는 것을 보고 "아저씨, 어디 가세요?" 하고 물었다가는 "이 새끼, 그건 왜 물어?" 하는 대답밖에 안 돌아오지 싶다. 물론 "물 위에 그림자 지니…"도 실제 있는 상황이라기보다는 상상적인 선경 내지 무릉도원에서의 풍경을 상상하고 쓴 시조겠지만―.

말하기 좋다하고 남의 말을 말을 것이
남의 말 내가 하면 남도 내 말 하는 것이
말로써 말이 많으니 말 마를까 하노라

※ 해설 : 말하기 좋다고 하여 남의 말을 너무하지 말아라. 남의 말을 내가 자꾸 하면 남도 내 말 하지 않겠느냐. 말로 해서 자꾸 말이 많아지니 입을 다물고 말을 하지 않는 것이 최상책이 아니겠는가.

남의 말을 너무 많이 하지 말라는 충고의 시조다. 지은이는 모른다. 내 생각으로는 위의 노래는 원리상 맞는 말이지만 현실에서 지켜지기는 애당초 불가능한 충고의 시조다. 사람들이 집단을 이루고 사는 데는 가십(gossip)이라는 게 있다. 가십이란 그 내용의 90%가 넘게 나 이외의 사람에 대한 말이다. 남에 대한 부정적인 이야기가 가십의 대부분을 차지한다. 물론 부정적 이야기는 남의 이목을 끄는데 더 없이 좋은 자료가 된다. "이 교수 부인이 바람이 났다더라." 이보다 더 재미있는 이야기가 있을까. 남의 얘기, 즉 가십을 하지 말라는 충고는 교회에서도, 직장에서도, 학교에서도 늘 들어보는 얘기다. 그러나 가십, 즉 남에 대한 이야기는 사회생활을 하는데 절대적으로 필요한 윤활유가 된다. 가십은 흔히 밀폐된 장소에서 '너캉 나캉'만 알고 있자든가 '여기 이 자리에 있는 사람들만 알고 있자'를 전제하여 시작되는 것이다. 그러니 '우리들'이라는 단결심이나 '집단력'을 강화시키는 역할을 하는 것이 바로 가십 방라고 생각한다. 남의 말은 전연 않고, 입을 열었다 하면 자기 얘기만 늘어놓는 사람을 생각해보라. 이런 사람과 커피 한 잔을 나누고 싶은 생각이 들겠는가.

> 사랑 사랑 긴긴 사랑 개천같이 내내 사랑
> 구만리장공에 넌즈러지고 남는 사랑
> 아마도 이 님의 사랑은 끝없는가 하노라

※ **해설** : 님에 대한 사랑이 길고도 오래 가서 구만리장공에서 쭉 뻗어 늘어지고도 남네. 이 끝없는 사랑을 도대체 어이 할거나?

많은 청춘남녀들이 한때는 상대방에게 위의 시조와 같은 간절하고도 끝없는 사랑을 느꼈으리라. 그러던 사랑이 어찌하여 3,4년 살고나서 싫증이 나서 사느니, 못 사느니, 맞느니 안 맞느니 티격태격 말이 많고 결국에 가서는 헤어지자는 말까지 나오는 것일까?

　문화인류학을 공부하는 사람들의 말을 빌리면 인간의 어느 사회, 문화를 막론하고 1년이 지나면 애정 표현이 절반으로 줄고 3년 내지 4년이 되면 부부 애정이 바닥을 치고 이혼을 하게 되는 부부가 가장 많다고 한다. 왜 그럴까? 이에 대한 대책을 내놓은 사람은 없다. 부부가 싫증을 낼 때 그 반대로 늘어가는 것은 혼외정사다. 이것을 보면 부인이나 남편이 되는 특정 사람에 대한 싫증인 것 같다. 우리가 예방주사를 맞고 독감을 예방하듯이 결혼할 때 예방주사 한 대 맞고 배우자에 대한 싫증을 예방할 수 있는 약이라도 발명을 하는 사람은 노벨상에서 인류학 대상을 받는 게 마땅하다 싶다. (그런데 그런 예방주사를 맞고 싶은 사람이 있을까?) 물론 한국에 동네마다 줄줄이 들어선 모텔들은 고객 빈곤으로 대부분 문을 닫게 되겠지만-.

　　겨울날 따스한 볕을 님 계신데 비취고자
　　봄 미나리 살찐 맛을 님에게 드리고자
　　님이야 무엇이 없으리마는 내 못 잊어 하노라

※ **해설** : 추운 겨울날 따뜻한 햇볕을 님이 계신데 비추어주고 싶다. 봄 미나리가 살이 쪄서 향긋한 그 맛을 님에게 드리고 싶구나. 님이야 없는 게 없이 다 있겠지마는 님에 대한 그리움은 잊지는 못 하겠네. 여기서 님이란 임금에 대한 신하의 사랑으로 보면 좋을 것이다.

님이라면 무엇이라도 아낌 없이 바치겠다. 그야말로 일편단심 민들레야다. 그러나 그것도 님이 옆에 없을 때가 그렇단 말이지 님이 옆에 늘 붙어있다면 짜증도 나고 말다툼할 때도 있지 않겠는가. 그래서 어느 대중가요 작사가는 " Absence makes your heart grow fonder(없으면 애정은 더 커진다)"라는 말을 했다.

　　말이 놀라거늘 혁 잡고 굽어보니
　　금수청산(錦繡靑山)이 물 속에 잠겼어라
　　저 말아 놀라지 마라 그를 보러 왔노라

※ **해설** : 잘 가던 말이 놀라기에 고삐를 잡고 살펴보니 비단으로 수를 놓은 것 같은 푸른 산이 물에 비쳐 그러네. 말아 놀라지 말아라. 나는 바로 이 경치를 보러 왔노라.

물에 청산이 비치어 아름다운 경치를 노래한 것으로 지은이는 누구인지 모른다. 우리나라 경치에 대한 말이 많다. 어떤 이는 한국의 경치가 금수강산이라며 칭찬을 하고 또 어떤 이는 웅대 화려한 면에서는 경치 좋은 나라의 상대가 되질 못한다고 한다. 나는 이 말에 수긍이 간다. 그러나 경치라는 것도 제눈에 안경이 아닌가.

(2020. 3.)

동창이 밝았느냐

동창이 밝았느냐 노고지리 우지진다
소치는 아이 놈은 상기 아니 일었느냐
재 너머 사래 긴 밭을 언제 갈려 하느니

※ **해설** : 동쪽 창문이 밝아오고 종달새가 울어대기 시작하는구나. 소먹이는 아이
놈은 아직도 아니 일어났느냐. 재 너머 있는 이랑이 긴 밭은 언제 갈려고 이
렇게 늑장을 부리고 있느냐.

조선 후기의 문신 약천(藥泉) 남구만의 노래다. 약천은 개국공신 남
재의 후손으로 송준길 문하에서 수학하였다. 서인으로 남인을 탄핵하다
가 되려 남해에 유배를 당한 적이 있다. 서인들이 소론과 노론으로 갈라
지자 소론의 영수가 되어 영의정에 올랐다. 강릉으로 유배 가는 도중
강원도 동해시 약천동에 머물렀는데 그가 머물고 있던 곳에 '약천'이라
는 샘이 있었다. 그 샘의 이름을 따서 자신의 호를 짓고 그 우물 근처에
집을 짓고 제자들을 가르쳤다고 전해온다.
조선 숙종 15년, 숙종은 장희빈을 왕비에서 제자리인 희빈으로 내려
앉히고 희빈에게 사약을 내리려 할 때 약천 남구만은 희빈 장씨를 용서

할 것을 간곡하게 요청했다. 장희빈의 아들이 당시 세자로 있었기에 이를 고려한 요청이었다. 그러나 숙종은 약천의 말을 무시하고 장씨에게 사약을 내렸다. 벼슬에서 물러난 약천은 전원에서 풍류를 즐기다가 82세에 죽었다. '동창이 밝았느냐 …'라는 시조에서 동창 = 숙종, 노고지리 = 조정대신, 소[牛] = 백성, 아이놈 = 목민관으로 해석하는 이도 있으나 내 생각으로는 이런 식의 비유는 지나친 비약이 되기 쉽고 억지춘향이라는 생각이 들 때가 많은 것 같다. 약천은 문장과 서화에 뛰어났으며 저서로는 ≪약천집≫이 있다.

　　헌 삿갓 자른 되롱 삽 짚고 호미 메고
　　논 뚝에 물 보리라 밭 기음이 어떻더니
　　아마도 박 장기 보리술이 틈 없을까 하노라

※ **해설** : 헌 삿갓에 짧은 도롱이를 걸치고 부삽을 집고 호미를 들고 논에 물이 알맞게 대어졌는가 둘러보고 밭에 난 잡초를 호미로 제거하고… 이렇게 바쁜데 박장기 두기 보리술 마실 틈이 어디 있겠는가.

　　박 장기란 박 조각으로 만든 장기로 시골 사람들의 공예품이라 할 수 있다.
　　바쁘고도 즐거운 농삿일을 노래한 숙종 - 영조 때의 문신 귀록(歸鹿) 조현명의 노래다. 귀록은 노론으로 탕평책을 지지하고 영조의 탕평책을 성심껏 실천하였다. 그는 당색을 초월하여 교유가 넓었는데 특히 박문수 등과 긴밀히 지냈다. 귀록은 이인좌난의 평정에 공을 세웠고 영조의 사랑을 받지 못하던 사도세자를 따랐다. 저서로 ≪귀록집≫이 있다.

전원생활을 하는데도 스타일에 차이가 있는 모양이다. 예로 약천 남구만이 일꾼에게 빨리 일어나서 일을 하라고 재촉하였고, 귀록 조현명은 자기가 직접 부삽 들고 도롱이 걸치고 밭에 잡초 제거하는 농부가 되었다. 누가 더 농촌 생활의 맛을 알까? 주관적 판단이 필요한 것이라 제 3자 입장으로 판단은 불가하나 귀록이 농촌 생활의 참뜻을 맛보는 것 같다.

> 굽어보니 천심녹수(千尋綠水) 돌아보니 만첩첩산
> 십장(十杖) 홍진이 얼마나 가렸는고
> 강호에 월백(月白)하거든 더욱 무심하여라

※ **해설** : 굽어보니 깊이를 알 수 없는 푸른 물이 흐르고 뒤돌아보니 겹겹이 산이 둘러져 있구나. 열길이나 되는 먼지 속에 이 좋은 자연이 가려져 있네. 강호에 달이 밝으면 더욱 내 마음 속 잡념은 사라지고 마는 것을 —.

이 시조는 조선 중기의 문신 농암(聾巖) 이현보의 노래다. 농암은 향리 후배인 퇴계(退溪) 이황, 금계(錦溪) 황준량 등과 절친하였다. 호조 참판으로 있을 때는 은퇴를 청하였으나 받아지지 않자 병을 핑계로 고향 안동 예안으로 돌아와서 거기서 살다가 죽었다. 저서로는 ≪농암집≫이 있으며 〈어부사〉 〈농암가〉 등의 시조가 전한다.

농암이 안동 분천에 〈애일당〉이라는 정자를 짓고 살던 것은 내가 태어나서 살던 역동집에서 걸어서 20분 정도면 뒤집어 쓸 수 있는 거리다. 여름이면 나는 낙동강을 따라 물고기를 잡으며 강을 거슬러 올라가다 보면 어느새 농암 이현보의 〈애일당〉 앞에 이른다. '굽어보니 천심녹수…'라던 그 천심녹수는 깊은 곳이라야 내 불알에도 못 닿는 깊이이고, '돌아보니 만첩청산…'의 만첩청산은 〈애일당〉 바로 뒷산인데 높이가 300미터 정도밖에 안 되는 야산이다. 이 정도 과장이면 '백발이 삼천척'이라고 한 이백도 농암 이현보 앞에서는 "아이고 형님" 하며 엎드릴 게다.

올벼 고개 숙이고 열무는 살쪘는데
낚시에 고기 물리고 게[蟹]는 어이 내리는고
아마도 농가의 맑은 맛이 이 좋은가 하노라

※ **해설**: 올벼가 자라서 고개를 숙이고 열무는 알맞게 살이 쪄서 먹을 만한데 낚시에 고기는 연방 물리고 게[蟹]는 어이 내리는고, 아, 이 좋은 농촌 먹거리들이 식욕을 돋구는구나.

이 시조는 농암 이현보의 작품이다. 농암이 살던 〈애일당〉에서 강을 거슬러 20분만 가면 퇴계 이황이 시(詩) 쓰고 강론하던 도산서원에 이른다. 농암은 퇴계의 고향 선배가 된다. 고향이 같은 두 선비간에 우정도 매우 두터웠던 것으로 알려졌다. 농암이 그의 어머니를 위해 큰 잔치를 벌이면 퇴계도 참석하여 색동옷을 입고 함께 덩실덩실 춤을 추었다 하니 요사이 이런 우정을 어디서 찾아보겠는가.

(2020. 2.)

말을 가자 울고

말은 가자 울고 님은 잡고 아니 놓네
석양은 재를 넘고 갈 길은 천리로다
저 님아 가는 날 잡지 말고 지는 해를 잡아라

※ **해설** : 말은 어서 가자고 울고, 님은 나를 붙들고 놓지를 않네. 갈 길은 천리인
데 저녁 해는 서산을 넘는구나. 님이여 내 소매 붙잡고 이러지 말고 서산 넘
어 가는 해를 잡으시오.

영화의 한 장면, 이를테면 중학교 때 본 이도령과 춘향이의 이별 장
면이 떠오른다. 내가 중학교에 다니던 시절, 극장을 갈 때는 전 학급이
단체로 간 걸로 기억한다. 안동에서 사범학교 병설 중학을 다닐 때 이민
이라는 배우가 이도령 역을 맡고 조미령이 춘향 역을, 노경희가 향단이
로, 전택이라는 배우가 방자역을 맡은 영화였다. 그 영화를 볼 때 나는
열네 살 아니면 열다섯이었을 것이니 사춘기로 막 들어선 아동, 이성
(異性)에 대한 호기심이 속에서 꿈틀거리기 시작할 때였지 싶다. 그 〈춘
향전〉 영화에 나오는 조미령에 얼마나 반해 버렸는지 집에 돌아와서
한 열흘 동안을 조미령에 대한 그릴 줄 모르는 연정(戀情)으로 고민하던

생각이 난다. 조미령은 거액의 출연료를 받고 나왔겠지만, 가슴 졸이며 보는 이동렬의 꼴은 뭔가? 잠도 잘 자지 못하고 상사병에 걸려서 잘 먹지도 못하고 시험이고 뭐고 접어두고 그녀 생각에만 빠져서 지내던 생각이 난다.

세월은 흘러 1985년이었던가, 내가 대구대학교에 가서 집중 강의를 하고 캐나다로 돌아오던 때가 있었다. 그때 대구대학교에는 나 말고도 외국에서 와서 집중 강의를 하고 돌아가는 교수들이 10명가량 있었다. 그중에 미국 하와이 대학에서 온 C교수가 내게 한 말이 생각난다. 나보고 꼭 하와이에 한 번 들러 며칠 놀다 가라기에 내가 시간이 별로 없다니까 C교수 말이 "오면 조미령이가 하는 음식점에 한 번 데려가겠다." 는 유혹이었다. 경상북도 안동에서 이 경상도 소년의 애간장을 태우던 조미령을 내세워 나를 유혹하는 것이다. '내 청춘 다 사그라진 지 오래인데 지금 와서 조미령을 봐서 뭘 하겠나'는 생각이 들었다. '이제는 다 늙은 조미령이를 보고 싶은 게 아니라 조미령 때문에 애를 태우던 그 소년 시절이 그립다'라고 대답한 생각이 난다.

다음 시조 세 수는 모두 무명씨 (작자 이름이 알려지지 않는 사람)의 시조다. 무명씨라고 해서 시조의 교훈적, 혹은 문학적 가치가 없다는 것은 아니다.

바람 불으소서 비 올 바람 불으소서
가랑비 그치고 굵은 비 내리소서
한길이 바다가 되어 님 못 가게 하소서

※ **해설** : 바람아. 불어라 우기(雨氣) 있는 바람아 불어서 비야 어서 와라. 가랑비 는 말고 장대 같은 굵은 비야 어서 오너라. 그래서 큰 길이 물에 잠겨 바다가 되어 넘치면 우리 님도 길을 떠나지 못할 것이니 꼭 그렇게 되면 오죽 좋겠나.

일단 님이 오고 난 후에야 홍수가 일어나 님이 돌아가지 못하면 오죽 좋으랴만 님이 오기 전에 이런 홍수가 나서 못 오게 된다는 기별이 오면 어떡하나? 하늘은 사사로운 일이 없는 법. 비는 올 때면 오고 갈 때가 되면 가는 것이니 하늘에 대한 감사와 원망은 그 아래 모여 살면서 곰실 대는 우리 인간들의 몫이다.

바람 불어 쓰러진 나무가 비 온다고 싹이 나며
님 그려 든 병이 약 먹었다 나을소냐
저 님아 널로 든 병이니 네가 고칠가 하노라

※ **해설** : 억센 바람에 쓰러져버린 나무가 비 온다고 싹이 날 것이며 님 그리워 든 병이 약 먹었다 해서 낫겠는가. 님아 너 때문에 생긴 병이니 네가 고쳐야 하지 않겠느냐.

짝사랑에서 생긴 병은 짝사랑을 받은 그 쪽에서 고쳐야 한다는 말을 이렇게 고운 말로 늘어놓았다.

아버님 가나이다 어머님 좋이계시오
나라이 부르시니 이 몸은 잊었내다
내년의 이 시절와도 기다리지 마소서

싸움터로 나가는 아들의 비장한 각오를 노래한 것이다.

요새 대한민국에서 국회의원, 장관을 위시한 고급 관리 중에 병을 핑계하여 군대를 안 간 사람들이 왜 그리 많은지. 어제 오늘에 시작된 일은 아닌 것 같다.

임진왜란 때 왜군이 조선을 침범하여 동래 부산에 상륙하였다. 서울로 진군해 오자 우리 쪽에서는 왜군을 맞아 싸움터에 가기를 지원하는 사람이 없었다 한다. 지금처럼 고위직 관리 아들들은 군대에 안 가는데 일반 백성들이 왜 지원해서 싸움터에 나가 목숨을 걸고 싸우겠는가? 이 난국을 당해서 서애(西厓) 유성룡은 두 가지 안, 면천법(免賤法)과 작미법(作米法)을 황급히 만들어 선포했다. 면천법이란 노비같은 신분이 낮은 사람들이 전쟁에 나가서 전공을 올리면 양반이나 양민으로 신분상승을 약속한다는 '천한 직업을 면제해 준다.'는 의미의 면천법이다. 이 면천법이 시행되자 수많은 젊은이가 전쟁에 참여하여 왜군과 싸웠다. 그러나 난리가 끝나고 왜군이 돌아가자 이 법은 말짱 헛것이 되고 조선은 전쟁 이전의 엄격한 신분 사회로 돌아갔다. 이따위 깜짝쇼에 지나지 않는 법을 그때그때 만들어 백성을 속이는 나라에서 어떻게 정부를 믿고 따르는 백성이 있겠는가. 우리 백성들이 정부를 못 믿는 증세는 그 뿌리가 매우 깊은 것을 알 수 있다.

천세를 누리소서 만세를 누리소서

무쇠 기둥에 꽃 피어 열음 열려 따들이도록

그밖에 억만세 외에 또 만세를 누리소서

※ **해설** : 어느 무명씨의 노래다. 천 살까지 사옵소서. 또 만 살까지 사옵소서. 무쇠 기둥에 꽃이 피고 열매가 열려 그것을 따들이도록 오래오래 사옵소서. 그밖에 억만 살을 사시고 또 만 년을 더 사십시오.

그저 오래오래 살라는 말이다. 얘기를 꺼내기가 좀 머쓱하지만 내 아내 얘기를 해야겠다. 아내는 중고등학교 때 일중(一中) 김충현, 여초(如初) 김응현의 동방연서회에서 서예를 배웠다. 고등학교 때는 전국학생 휘호대회(음악의 동아콩쿨대회)에서 전국 대상을 연거푸 2번이나 받고 국전에도 캐나다에 시집오기 전까지 2회 입상하였다. 그때 마침 어머님의 환갑이 다가왔다. 돈은 없고 장차 시어머니 될 사람의 회갑은 다가오는데 글씨밖에 드릴 것이 있었겠는가. 아내는 위의 "천세를 누리소서 만세를 누리소서 …"를 써서 족자를 만들어 어머님께 드렸다. 장차 며느리 될 사람으로부터 뜻밖의 '뇌물'을 받은 어머니는 얼마나 좋아하시던지. 입이 귀에서 귀까지 벌어지는 것을 본 것 같았다. 지금부터 꼭 57년 전에 있었던 일이다. 그러나 57년 세월이 흐른 2019년 10월, 다음과 같은 슬픈 일이 벌어졌다.

한국에 있는 조카가 고향 역동집 왼편에 〈풍월정〉이라는 조그만 정자 하나를 세웠는데 그 정자의 글씨와 〈풍월정기〉를 하나 써 달라는 부탁이 왔다. 나는 〈풍월정〉이라는 용비어천가체로 쓴 현판을 쓰고

300자에 이르는 〈풍월정기〉를 지었다. 아내에게 "〈풍월정〉 현판은 내가 썼으니 〈풍월정기〉는 당신이 궁체로 쓰라"고 요청했더니 허리가 아파서 도저히 못 쓰겠다는 것이다. 57년 세월이 아내를 이렇게 만들어버린 것이다. 57년 전에는 연인을 위해서 죽으라면 죽는시늉까지 하던 사람이 20세기 밀레니엄에 와서는 사랑하는 남편의 부탁도 허리 탓을 하고 거부해 버릴 정도로 굳세고 꿋꿋해졌다. 어찌하랴!

(2020. 3.)

반중 조홍감이

반중 조홍감이 고와도 보이나다
유자 아니라도 품은즉 하다마는
품어가 반길 이 없으니 그를 설워하노라

※ **해설** : 소반 위에 놓인 붉은 감이 퍽 곱게 보이는구나. 유자가 아니더라도 품고 갈만하다마는 품고 가서 반길 사람 없으니 그 또한 서러워해야할 일이구나.

위는 노계(蘆溪) 박인로의 시조이다. '유자 아니라도…품어가 반길이 없다'는 구절은 다음과 같은 중국의 고사에서 나온 말이다. 옛날 중국 오나라에 육적이란 사람이 여섯 살 때 원술의 집에 간 적이 있다. 원술이 귤을 먹으라고 쟁반에 담아 내놨더니 육적이 그 귤 몇 개를 남몰래 소매에 집어넣었는데, 하직하려는 인사를 할 때 그만 귤이 땅에 떨어져 나와버렸다. 왜 그랬냐는 질문에 육적이 답하기를 "집에 돌아가서 어머님께 드리고자 하였습니다."라고 하였다. 이 말을 듣고 원술이 대단히 기특하게 여겼다 한다. 노계는 이 고사를 인용하여 어머니에 대한 효심(孝心)을 불러일으키려 이 시조를 쓴 것이다.

부부 있은 후에 부자 형제 생겼으니

부부 곧 아니면 오륜이 갖을소냐

이 중에 생민이 비롯하니 부부 크다 하노라

※ **해설** : 부부 인연이 맺어진 다음에 부부니 형제니 하는 것들이 생겼다. 그러니 부부가 아니면 오륜(즉 부자유친, 군신유의, 부부유별, 장유유서, 붕우유신)도 갖추어지지 못했을 것이다. 부부가 있음으로써 백성이 생기고 가르치고 기르는 일 모두 여기에 있으니 부부가 오륜의 기본이라 할 수 있다.

노계가 이 시조를 짓던 시절에는 부부 인연을 맺는 형식이 오늘과는 상상 못할 정도로 달랐다. 그때는 부부의 인연을 맺기 전에 신랑의 얼굴도 못 보고 부모님이 맺어준 인연을 따라 부부가 되는 것이다. 그러니 "내가 배우자 될 사람을 사랑하느냐?"는 둘째치고 "저 배우자가 내 마음에 드느냐"조차 문제가 되질 않았다. 그러나 오늘날은 "내가 저 배우자를 사랑하느냐?" 하는 사랑이 있고 없음이 결혼을 결정한다. 물론 요새는 계산기를 두드리는 사람도 많겠지만—. 사랑이 부부 결합의 필수 조건의 하나가 된다는 것은 서양에서 들어온 시대풍조이다.

부모가 자식의 인연을 맺어주던 시대는 이제 거의 사라졌다. 새로 들어온 배우자는 노계 시절에는 부모와 배우자였지마는 오늘은 배우자 한 사람뿐이다. 만나는 인연뿐 아니라 부부가 서로 갈라지는 모습도 노계가 시조를 짓던 시절과는 판이하게 달라졌다. 옛날 부부의 인연은 자식 생산에 많은 의미가 주어졌으나, 오늘날은 부부간에 사랑하는 감정의 있고 없음이 가장 크게 갈라서는 이유가 된다.

심산에 밤이 드니 북풍이 더욱 차다
옥루고처에도 이 바람 부는게오
긴 밤에 추우신가 북두 비쳐 바라노라

※ **해설** : 깊은 산에 밤이 드니 북쪽에서 불어오는 바람이 더욱 차구나. 임금님 계신 대궐에도 이 바람은 불겠지. 긴 긴 밤에 혹시 날씨나 너무 추우실까 북두칠성을 의지해서 비노라.

이 시조를 지은 노계(蘆溪) 박인로는 조선 중기의 문인으로 임진왜란 때 의병장이 되어 이순신 밑에서 종군하며 여러 번 전공을 세웠다. 노계는 임진왜란 중에도 우국충정이 넘치는 작품을 많이 썼다. 친구 이덕형이 도체찰사가 되어 영천에 왔을 때 〈사제곡〉 〈누항사〉를 지었다. 말년에 자연을 벗하여 안빈낙도의 삶을 살다가 82세의 나이로 죽었다. 작품으로는 《노계집》이 있고 가사 7편과 시조 60여수가 있다.

벗을 사귈진대 유신(有信)케 사귀리라
신(信) 없이 사귀며 공경 없이 지낼소냐
일생에 구이경지를 시종 같게 하오리다

※ **해설** : 친구를 사귈 때에는 신의가 있게 사귀어라. 서로 믿음 없이, 공경함이 없이 사귀며 지내서야 되겠는가. 한평생 벗을 공경하기를 처음과 끝이 같게, 한결같이 하여라.

마치 성경 구절을 읽는 것 같은 훈계의 말씀이다. 아무리 믿음과 신뢰를 강조해도 이 세상에 믿음과 신뢰가 늘어나는 것 같지는 않다. 세상은 노계가 살던 시절에 비하여 100배, 200배가 복잡해졌다. 노계가 살던 시절처럼 한 마을에 오랜 기간 사는 사람도 없고, 도시에서는 바로 옆집에 사는 사람이 무엇을 하며 사는 사람인 줄도 모르는 시대. 이런 시대에 신의를 강조하는 것은 시쳇말로 씨알 들어 먹히지 않는 소리일 경우가 많은 것 같다.

오성대감으로 알려진 이항복과 이덕형 사이에 우정도, 비록 아주 어릴 때부터 맺어진 우정은 아니었으나, 평생을 이어진 우정의 본보기로 인용되고 있다. 그러나 지금은 시대가 바뀌었다. 어릴 적 소꿉친구를 형틀에 매달고 고문하는 세상. 무한경쟁의 시대, "베스트만이 살아 남는다."는 경쟁 일색의 사회 분위기 속에서 진정한 우정이 싹틀 곳은 별로 많지 않다.

어릴 적 아버님께서 들은 이야기 한 토막. 어떤 사람이 우정을 시험하기 위해 돼지를 잡아 그 피를 손과 옷에 묻히고 친구를 찾아가서 "내가 사람을 죽였으니 어디 좀 숨겨 달라."고 하였다. 대부분 친구는 숨길 곳이 없으니 빨리 나가라고 한 반면에, 진정한 친구는 "어서 들어오게." 하며 친구를 숨겨 주었다는 이야기다. 요새 좋은 친구란 무조건 친구를 숨겨 주는 것이 아니라 그를 잘 타일러 경찰서에 가서 자수를 권하는 사람이 더 분별 있는 친구가 아니겠는가.

(2020. 2.)

까마귀 싸우는 골에

까마귀 싸우는 골에 백로야 가지마라

성낸 까마귀 흰 빛을 새오나니

창파에 좋이 씻은 몸 더럽힐까 하노라

※ **해설** : 까마귀들이 저들끼리 모여 싸우는 골에 백로 너는 제발 가지 말아라. 독이 오를 대로 오른 까마귀들이 흰 것을 싫어하니 너같이 푸른파도에 깨끗이 씻은 몸을 더럽힐까 걱정이 되는구나.

위의 시조는 정몽주의 어머니가 아들 정몽주에게 처신법을 일러주기 위해 지은 노래로 세상 사람들에게 알려진 노래다. 그러나 이것은 사실이 아닌 것 같다. 정몽주가 29살 때 어머니는 벌써 세상을 떠났고 이방원은 그로부터 2, 3년 뒤에 태어났다고 한다. 정몽주가 이방원에게 선지교(선죽교)에서 맞아 죽은 것이 59살의 늘그막이었으므로 정몽주의 어머니가 위의 노래의 작자가 될 수가 없다. ≪역대 시조선≫과 ≪악파만록≫의 주장을 따라 연산군 때의 가객 김정구가 정권 다툼을 비웃어 지은 노래로 보는 이도 있다. 김정구는 연산군 때의 가객으로 생몰연대가 알려지지 않았다. 안동 사람으로 자세한 행적은 알려진 것이 없다.

이 몸이 죽고 죽어 일백 번 고쳐 죽어

백골이 진토되어 넋이라도 있고 없고

님 향한 일편단심이야 가실 줄이 있으랴

※ **해설** : 이 몸이 죽고 또 죽어 백 번을 다시 죽어도 흰 뼈는 흙이 되어 혼이야 있건 없건 상관없는 것, 나의 고려 임금에 대한 충성은 내가 수백 번을 죽어도 변함없으리라.

고려 임금에 대한 나의 충성에는 그 어떤 타협도, 양보도 있을 수 없다는 것을 분명히 밝힌 포은(圃隱) 정몽주의 〈단심가〉로 불리는 시다. 고려 말기의 문신 정몽주는 경북 영천 사람으로 1360년 문과 시험에 수석으로 합격하였다. 일찍 일본과 명나라에 가서 외교관으로서 능력을 발휘하여 공을 세웠다. 위의 〈단심가〉 외에도 많은 한시가 전하며 서화에도 뛰어났다. 포은은 목은(牧隱) 이색, 도은(陶隱) 이숭인과 더불어 고려의 삼은(三隱)으로 불린다. 성낙윤의 ≪고시조 산책≫에는 다음과 같은 일화가 실려 있다. 어려서부터 세상 사리(事理)에 통달한 정몽주는 9살 때 외가의 계집종 하나가 남편에게 보낼 편지를 써 달라고 졸랐다. 그는 붓을 들어 "구름은 모이면 흩어지고 달은 차면 기울지만 첩의 이 마음이야 어찌 변함이 있으리요.(運聚散月盈虧妾心不移)"라고 써 주었더니 너무 짧다고 앙탈을 부렸다. 이에 그는 봉투를 다시 뜯어 "붙인 봉투를 뜯고 다시 한마디 더 하노니 흔한 병은 이 상사병일러라(緘了却開添一語世間多病是相思)"라는 구절을 더해 주었다 한다. 9살 된 아이의 행동치고는 얼마나 너그럽고 시원시원한 행동거지인가. 포은 정몽주는 통 큰 정치가요 성리학자로서 선산의 길재 → 김숙자 → 김종 직 → 김굉필, 정여창 → 이황으로 이어지는 소위 영남학맥을 시작한 선비이다.

이방원이 주관하는 연회에 갔다가 돌아오는 길에 이성계의 아들 이방 원의 심복들에게 철퇴에 맞아 죽었으니 그의 나이 59살이었다. 고려의 마지막 충신 포은 정몽주를 없앤 이성계는 공양왕을 폐위하고 1392년 개성 수창궁에서 왕위에 올랐다.

이런들 어떠하며 저런들 어떠하리
만수산 드렁칡이 얽혀진들 그 어떨리
우리도 이같이 얽어져 백년까지 누리리라

※ **해설** : 이렇게 된들 어떠하며 저렇게 된들 어떠하리. 개성 만수산 칡넝쿨이 얽히고 또 얽힌들 어떠하리. 우리도(내가 옳으니, 네가 틀렸느니 따지지 말고) 이같이 얽혀서 오래오래 살아가면 오죽 좋겠나.

위의 노래를 지은이는 조선을 건국한 이성계의 다섯째 아들 이방원이 다. 하여가(何如歌)로 알려져 있다. 이성계는 본처 한씨에게서 아들 다 섯을, 강씨에게서 아들 둘을 얻었다. 그런데 임금 자리를 물려줄 때는 둘째 부인 강씨에게서 난 아들에게 물려주려고 했다. 이에 화가 난 신체 건장하고 지략과 담력이 뛰어난 방원은 강씨 소생 아들들을 죽여 버리 고 칼을 뽑은 김에 정도전, 남은 같은 강씨 측근들을 모조리 죽여 버렸 다. 이것을 제 1차 왕자의 난이라고 한다. 제 2차 왕자의 난 때는 본처 한씨 아들끼리 싸움이 붙어 방간을 멀리 귀양 보냈다. 방원은 그가 임금이 되고 난 후에 그의 권력에 대한 욕심은 줄지를 않았다. 그는 자기 처남 넷(무구, 무질, 무휼, 무회)을 모두 제거해 버리고 당시 영의정이자 사돈인 심온(세종의 장인)과 수많은 사람을 죽여 버렸다. 내 생각으로는 이방원 같은 사람이 임금이 되어서는 안 되는 사람이다. 그러나 그의 공로는 조선의 태평성대를 가져오고 한글을 창제한 세종대왕을 낳아준 공로에 있다고 봐야 할 것 같다.

이런 이방원이 만찬에 정몽주를 불러 "고려에 대한 충성은 그만하고 우리와 손잡고 일하자." 하는 내용을 이야기하니 정몽주가 "이 몸이 죽고 죽어…"의 〈단심가〉를 불러 화답했다고 한다. 이방원과 정몽주가 아동극을 하는 것도 아니고 아무리 연회장이라 하더라도 정적들 간에 긴장감이 팽팽 도는 데서 백일장(白日場)도 아닌데 한가롭게 "이런들 어떠하며…"의 시조를 읊으면 정몽주는 "이 몸이 죽고 죽어…"의 단심가로 화답했겠는가? 훗날 사람들의 화려한 공상이 만들어낸 장면에 지나지 않는 것 같다. 이방원은 자기 형제를 비롯하여 사돈 처남에 이르기까지 앞으로 아들 세종이 임금 자리에 앉으면 세종에게 일종의 압력을 행사할 사람이나 세력은 무조건 죄를 씌워 제거해 버렸다. 이 덕에 아들 세종은 정적 없이 편안한 심정으로 치국을 할 수 있었다.

이방원이 "이런들 어떠하며…" 같은 하여가를 지을 실력은 있을까? 이방원은 이성계 가문에서 최초로 과거 합격자였다. 그래서 이성계는 이방원이 과거에 급제한 것을 가문의 자랑으로 여겼으니 〈하여가〉를 지을 정도의 실력은 있었지 싶다.

(2020. 3.)

꽃이 진다 하고

꽃이 진다 하고 새들아 슬퍼마라
바람에 흩날리니 꽃의 탓 아니로다
가노라 희젓는 봄을 새워 무엇하리오

※ **해설** : 꽃이 진다하고 새들아 슬퍼하지 말아라. 바람이 불어서 꽃이 흩날리는
것이지 어찌 꽃이 잘못해서 그런 것이라고 꽃 탓을 할 수 있겠는가. 떠난다
고 짓궂게 훼방 놓는 봄을 미워해서 무엇하겠느냐.

위의 시조는 을사사화 때 아무 뚜렷한 이유도 없이 잡혀가서 싸늘한
시체로 돌아오는 선비들이 너무 많아 이를 빗대어 부른 시조다. 꽃이
떨어지는 것은 꽃 탓이 아니다. 권신 세력가들이 마구 권력을 휘둘러
세상을 어지럽혀서 그러한데, 그렇다고 횡포질하는 권신 세력들을 미워
해서 무엇하겠는가.

조선 중기의 문신 면앙정(俛仰亭) 송순의 작품이다. 면앙정은 문과에
급제하여 사간원 정언이 되었으나 김안로가 권세를 잡자 벼슬을 버리고
귀향, 고향에 면앙정이라는 정자를 짓고 시를 읊으며 한가로이 보냈다.
김안로가 사사되자 다시 벼슬길에 올라 충청도 어사, 홍문관 부제학을

지냈다. ≪중종실록≫과 ≪명종실록≫을 찬수하였으며 저서로는 ≪면
앙집≫이 있다.

　　간사(諫死)한 박파주야 죽는다 설워마라
　　삼백년 강상을 네 혼자 붙들거다
　　우리의 성군불원복(不遠復)이 네 죽긴가 하노라

※ **해설** : 임금께 바른말(인현왕후의 폐출 반대)로 충고를 하다가 되려 죽임을 당
　　한 박태보(파주목사를 지냈음으로 박파주라 불렀다.)여 그대 죽음을 서러워하
　　지 마시오. 태조 개국부터 오늘(숙종)에 이르기까지 300년 세월을 이 나라의
　　윤리도덕(삼강오륜)을 가히 자네 혼자서 지켜내지 않았는가. 우리 성군 숙종
　　께서 인현왕후를 폐출했다가 오래지 않아(6년) 복위시킨 것도 박태보 자네가
　　죽었기 때문이 아니겠소.

　　위의 시조를 지은 사람은 조선 후기의 문신 서암(恕菴) 신정하. 서
암은 여항시인 홍세태 등과도 어울리기를 좋아했다. 과거에 급제한 뒤
윤증 집안에서 일어난 소송사건에 말려들어 파직당했다. 그의 아버지
신완은 윤증의 제자였는데 서암이 윤증 편에 가담을 하여 정호를 반박
하였다가 파직을 당한 것이다. 저서에 ≪서암집≫이 있다.

　　벼슬이 귀타한들 이내 몸에 비길소냐
　　견려를 바삐 몰아 고산으로 돌아오니
　　어디서 급한 비 한 줄기에 출진행장 씻었구나

※ **해설** : 아무리 벼슬이 귀하다 한들 내 몸에 비길 수 있으랴. 다리를 절룩거리
는 나귀를 급히 몰아 고향 산천으로 돌아오니 어디서 소나기 한줄기에 속세
를 벗어나는 내 차림을 흠뻑 씻어주는구나.

신정하의 노래다. 벼슬을 버리고 (벼슬을 버린 게 아니라 벼슬을 빼
앗겼지 싶다.) 고향으로 돌아가는 심정이 역력한 노래다.

검으면 희다하고 희면 검다하네
검거나 희거나 옳다 할 이 전혀 없네
차라리 귀 막고 눈 감아 듣도 보도 말리라

※ **해설** : 검으면 희다하고 희면 검다는 세상. 검거나 희거나 '이것이 옳다'고 말
해주는 사람이 없는 혼란스러운 세상. 차라리 귀 막고 눈 막아 듣지도 보지도
않는 것이 마음 편하겠네. 2020년 대한민국의 사생화인 것처럼 보인다.

위의 시조는 신임사화 혹은 임인사옥이라고 불리는 노론과 소론이
벌이는 당쟁을 개탄해 노가재(老歌齋) 김수장이 지은 것이다. 신임사화
혹은 임인옥사로 불리는 것은 무엇일까? 광해군을 왕위에서 쫓아내고
조정의 권력을 잡은 서인 세력은 숙종 때까지는 비교적 평탄한 길을
걸었다. 그러나 장희빈의 아들이 왕(경종)위에 오르자 노론과 소론 간
에 당쟁은 더욱 치열해졌다. 이때 남인 서얼 출신 목호룡은 노론 측에서
경종을 죽일 모의를 했다는 고변을 했다. 세상에 삼급수(三急手)설로
알려진 고변 내용은 대급수 = 칼로 살해, 소급수 = 약으로 살해, 평지
수 = 모해하여 폐출함, 이 세 가지 중 한 가지로 경종을 몰아내겠다는

고변이다. 목호룡은 남인 서얼로서 풍수에 능하여 지관(地官)이 된 사람이다. 정치적 야심을 품고 있던 그는 처음에는 노론 편에 섰다가 소론이 우세해지자 노론을 배반한 것이다. 목호룡의 고변으로 멀리 유배를 가 있던 노론 4대신(김창집, 이이명, 조태채, 이건명)은 모두 사약을 받았다. 이 사건을 통하여 권력을 잡은 소론에서는 윤선거와 윤증을 복관시키고 남구만, 박세채 등을 숙종 묘에 배향시켰으며 목호룡에게는 동지중추부사 직이 제수되었다. 이 큰 옥사가 신축년과 임인년에 일어났다고 해서 신임사화라고 한다. 신임옥사 후 정권은 소론의 놀이터가 되었다. 풍수쟁이로 시작하여 삼급수설을 고변하여 벼슬자리까지 얻게 된 목호룡을 영조가 왕위에 오르면서 영조 어머니 숙빈 최씨의 묘 자리까지 잡아주며 영조의 사랑을 받으려고 애썼으나 일이 꼬여 영조가 임금이 되고난 후 역적으로 몰려 영조에게 사형을 당하고 말았다. 어머니 최씨의 묏자리를 잡아준 풍수였는데 그 묏자리의 주인공 아들 영조에 죽임을 당한 것은 무슨 업보였을까. 한편, 병약한 경종은 슬하에 자식 하나 없이 37세로 쓸쓸히 세상을 하직하였다.

조금 앞서 목호룡의 고변이 있자 유배살이로 먼 곳에 가 있던 노론 4대신(김창집, 이건명, 이이명, 조태채)은 유배를 당하여 유배지에 있다가 모두 사사되었다고 하였다. 유배는 어디로 가는 것일까? ≪유배≫라는 책을 쓴 김민선에 따르면 ≪조선왕조실록≫에 나타난 유배지는 (조선 517년 동안) 모두 408곳, 이 중 경상도가 81곳으로 가장 많고 전라도는 74곳, 충청도는 70곳이다. 유배 횟수로는 전라도가 915회로 가장 많고 경상도는 670회, 충청도는 370회이다. 유배에서 얼마나 있으면 자유의 몸이 되는지에 대해서는 정해진 기록이 없다. 어제 유배를 와서 오늘 해금될 때도 있고 10년, 20년 한 곳에 있다가 또 다른 곳으로 옮기는 경우도 있다. 모두가 임금님 마음에 달린 것. 그래서 임금의 마음을 돌려보려고 임금을 그리워하는 시(詩)나 글을 쓰는 사람이 있다. 이의 대표적인 예가 송강(松江) 정철이다.

재정적 배경이 든든한 사람은 비교적 편안한 유배 생활을 하는 사람도 있다. 예로, 다산은 주머니가 든든한 외가(고산 윤선도의 해남 윤씨 종가) 덕에 비교적 호화롭고 자유스런 유배 생활을 누릴 수가 있었다.

(2020. 4.)

꽃은 피려 하고

꽃은 피려 하고 버들도 푸르려 한다
빚은 술 다 익었네 벗님네 가세그려
육각에 두렷이 앉아 봄맞이하리라

※ **해설** : 꽃도 버들도 모두 피려고 하고 빚은 술도 다 익어가니 벗님들아 놀이나 가세. 육각정자에 빙 둘러앉아 봄맞이하면서 술이나 마셔 보세그려.

조선 후기의 가객 노가재(老歌齋) 김수장의 작품이다. 노가재는 전주 출신으로 숙종조에 서리를 지냈으나 언제 죽었는지에 대한 기록은 없다.

옷 벗어 아이 주어 술집에 볼모하고
청천을 우러러서 달더러 물은 말이
어즈버 천고 이태백(李太白)이 날과 어떠하드뇨

※ **해설** : 옷을 벗어 아이에게 주며 술집에 저당 잡히고 하늘을 우러러 달 보고 물은 말이 아, 그 옛날 술 좋아하던 시인 이태백과 내가 어떻게 비교되는가?

위의 시조는 김천택의 작품이다. 스스로 자신을 주중선(酒中仙)이라

일컬었던 이태백의 장진주(將進酒)에 나오는 시구 "천금의 털옷을 아이 시켜 술과 바꾸어 그대와 함께 마시고"가 생각난다. 그런데 스스로 주중선이라고 자기를 부른 이태백도 실제로는 그와는 전혀 다른 이중적인 삶을 살다간 시인이었다고 한다. 중국의 이궈원(李國文)이 쓰고 우리말로 번역된 ≪중국 문인들의 비정상적인 죽음≫이라는 600쪽이 넘는 책에는 이야기가 다르다. 즉 우리에게는 이태백은 세상 번뇌를 잊고 물 따라 구름 따라, 부귀영화를 뜬 구름처럼 알고 초연히 살다간 시인이다. 그러나 이궈원은 속으로는 보통 사람의 2,3배가 넘는 권력욕과 명예욕을 가지고 끝없이 권력과 명예를 동경하였으며 세상을 하직하는 그날까지 권력 주위를 맴돌며 권력에 대한 그리움과 향수를 버리지 못한 이중적인 삶을 살다간 시인으로 적혀있다.

나는 권력 주위를 맴돌며 그들과 친해서 부귀공명을 누리는 학자나 시인, 소설가 중에 좋은 작품을 내놓는 사람은 매우 드물다고 생각한다.

세상이 번우(煩憂)하니 강호로 나가스라
무심한 백구야 오라하며 가라하랴
아마도 다툴 이 없음은 다만 여기인가 하노라

※ **해설** : 세상이 너무 시끄럽고 번잡하니 강호로 나가자. 무심한 백구들이야 오라 가라 하겠는가. 아마도 내가 옳으니 네가 옳으니 다툴 일 없는 데는 여기 뿐인가 하노라.

김천택의 창작이다. 위의 시조는 2020년 대한민국의 현실이다. 한

쪽에서 '이것이 옳다'하면, 또 한쪽에서는 '저것이 옳다'하고 도대체 바른 길, 옳은 길이 무엇인지 서로 자기 것만 옳다고 주장하니 온 국민이 정도(正道)가 어디 있는지 모르고 산다. 나라의 원로라 불리는 노인들은 공연히 한마디 했다가는 망신만 할 것 같아서 입을 꼭 다물고 있고, 젊고 똑똑해 보이는 사람들은 어느 쪽에 붙는 게 더 유리할까, 눈치만 보고 소위 학자라는 부류의 사람들은 이 기회에 방송이나 언론에 이름 한 번 더 내려고 온갖 달콤하고 꿈같은 헛소리 늘어놓기에 바쁘다.

> 내게 좋다하고 남 싫은 일 하지 말며
> 남이 한다 하고 의(義) 아니면 쫓지 마라
> 우리는 천성(天性)을 지키어 삼긴 대로 하리라

※ **해설** : 내가 좋아한다고 남이 싫어하는 일은 하지 말며 남이 한다고 옳은 일이 아니면 따라하지 마라. 우리는 타고난 (착한) 성품 대로 살아가리라.

위의 시조 저자 변계량은 호는 춘정(春亭)으로 조선 전기의 문인으로 이색과 권근의 문인이었다. ≪태조실록≫ 편찬에 참가하였고 〈기자묘비〉 등을 찬했다. 춘정은 4살에 옛날 시를 외우고 6살에는 글을 지었고 17살에 문과에 급제하여 벼슬에 나아갔다. 소위 말하는 신동이었다. 태조부터 세종까지 20여 년 가까이 대제학을 맡으며 외교문서 등 문장과 관계되는 일을 도맡아 보았다. 문학에도 조예가 깊어 관인문학(官人文學)의 전통을 잇는 대표적 인물로 꼽는다.

이렇듯 존경받는 학자이자 관료이지만 아내의 일과 누이의 일등 집안

문제로 근심 걱정이 떠날 날이 없었다. 춘정의 바로 위 누이는 청상과부가 되었는데 행실이 좋지 못하여 집안의 종, 중들과 사통을 거듭하다가 발각되어 결국은 사형되었다. 춘정은 여자 복이 없는 사람이었다. 부인을 넷이나 얻었지만 다만 첩에게서 아들 하나만 있을 뿐이었다.

춘정은 옹졸하고 편벽한 성품으로 좋은 평을 얻지 못했다고 한다. 지극히 인색하고 괴팍해서 예로 음식을 먹다가 남기면 그 자리에 표시를 해뒀다가 나중에 자기가 그것을 되먹는, 썩어서 버릴지라도 남은 못 주는 그런 '짠돌이'였다고 한다. 그의 스승 이색과 권근에 비해 품격이 떨어지고 내용도 허약하다는 평을 받았다.

추강에 밤이 드니 물결이 차노매라
낚시 드리우니 고기 아니 무노매라
무심한 달빛만 싣고 빈 배 저어 오노라

※ **해설** : 가을 강에 밤이 드니 물결이 차네. 낚시 던져도 물지를 않네. 마음 없는 달빛만 가득 싣고 빈 배를 저어 돌아오는구나. 월산대군의 시조이다. 말할 수 없이 외롭고 쓸쓸한 정서가 온 몸을 휘감싸는 그런 풍경이다.

한시(漢詩)에 "夜靜水寒魚不食 / 滿載空船月明歸 (밤은 고요하고 물은 찬데 고기 아니 무네. 빈 배에 달빛만 가득 싣고 돌아오노라)." 나는 위의 한문 시구가 퇴계(退溪) 이황의 작품으로 알고 있었는데 퇴계 말고도 고려 때의 〈어부가〉로 적혀 있는 데도 있었다.

작가 월산대군은 조선 제 9대 왕 성종의 친형이다. 순서로 따지면

8대 예종의 뒤를 이어 9대 왕이 되었어야 할 인물이다. 그러나 9대는 월산대군이 아닌 동생 자을산군이 되었다. 내력은 이렇다.

예종이 갑자기 죽고 예종의 맏아들 제안대군이나 세조의 장손 월산대군이 예종을 이어 왕위에 올랐어야 했다. 그러나 12살의 자을산군이 왕으로 지목되었다. 이 두 사람의 운명을 가른 것은 장인(丈人)들이었다. 월산군의 장인 박중선은 신 공신 출신으로 한명회의 구 공신과 갈등 관계에 있었다. 궁중세력의 대표인 세조의 부인 정희왕후와 공신세력의 대표인 한명회, 신숙주, 정인지가 결탁해서 월산대군의 동생 자을산군을 왕위에 추천한 것이다. 요샛말로 하면 정희왕후와 한명회 그룹이 짝짝꿍이 되어 변칙으로 자을산군을 임금으로 밀어붙여 버린 것이다. 기대하지도 않았던 임금 자리에 앉게 된 자을산군 성종은 뒤늦게 75명의 공신을 책봉해 그들 지원에 보답하였다.

왕위 계승에 공신이었다는 것은 무슨 변고랄까 변칙이 있었다는 말이다. 태종이 왕위에 오를 때도, 세조가 단종을 밀어내고 자기가 그 자리에 앉을 때도, 연산군을 몰아내고 그 자리에 중종이 앉을 때도, 인조가 광해군을 몰아내고 자기가 왕위에 앉을 때도 수십 명의 공신이 배출되었다. 정상적인 왕위 계승에는 공신이 없다.

(2020. 4.)

공산이 적막한데

공산(空山)이 적막한데 슬피 우는 저 두견아
촉국(蜀國) 흥망이 어제 오늘 아니거늘
지금껏 피나게 울어 남의 애를 끊나니

※ **해설** : 고요한 빈 산속에서 혼자 구슬프게 우는 저 두견새야 촉나라가 망한
지가 어제 오늘이 아닌데 너는 왜 밤마다 피나게 슬피 울어 듣는 이의 간장을
찢어지게 만드느냐?

　조선 중기(선조~인조)의 무신 만운(晩雲) 정충신의 노래다. 임진왜
란 때 권율 장군의 휘하에서 종군 중 권율의 장계(狀啓)를 가지고 의주
에 갔다가 이항복을 만나 그의 주선으로 학문을 배웠다. 만운은 머리가
총명, 영리하여 평생 이항복이 친아들처럼 사랑했다. 키가 작았으나 늘
호기스럽고 씩씩했다고 한다.
　이괄의 난이 일어나자 도원수 장만의 휘하에서 황주와 서울, 안산에서
이괄의 군사를 무찔러 진무공신 1등에 책봉되고 진남군에 봉해졌다. 정묘
호란 때 부원수가 되었고 후금과 단교하는데 반대하다가 유배를 갔다. 귀
양에서 풀려나와 포도대장을 역임, 천문, 지리, 의술 등 여러 방면에 지식

이 넓었으며 청렴하기로 이름이 높았다. 저서로는 ≪만운집≫ ≪백사북천일록≫ 등이 있다. 정충신이 이괄의 난에서 무공을 세워 진남군에 봉해졌다고 했는데 이괄의 난이란 무엇인가?

무리수를 써서 정변이 있을 때는 그 정변에 반발하는 세력이 저항하기 마련이다. 예로, 세조가 단종을 몰아내고 왕위에 앉자 불만을 품은 이시애는 난을 일으켰다. 이와 비슷하게 인조반정이 성공하고 반정에 공을 세운 인사들의 서열을 정하자 이괄은 이에 불만을 품게 되었다. 특히 이괄은 쿠데타 당일 집결 장소에 나타나지 않는 의병대장 김류에게 깊은 반감을 가졌다. 그러나 모화관에서 열린 쿠데타 성공 축하 잔치에 김류의 자리가 자기보다 상석인 것을 보자 이괄의 불만은 노골적으로 나타나기 시작했다. 조선 조정에서 이괄을 변방 근무지로 보내자 이괄은 정변을 꿈꾸었다. 그때 조정에서 북인의 영수 기자헌을 체포하고, 이괄이 데리고 있던 이괄의 아들마저 체포하려 하자 이괄은 폭발하고 말았다. 이괄로서는 다른 선택의 여지가 없었다. 이괄의 군대가 파죽지세로 남하하자 인조는 난을 피하여 공주까지 도망갔다. 서울을 점령하고 흥안군을 국왕으로 추대했던 이괄은 장만과 정충신이 이끄는 관군과 경기도 길마재에서 맞붙었다가 크게 패하여 이괄은 이천에서 부하에게 죽임을 당했다.

풍파에 놀란 사공 배 팔아 말[馬]을 사니
구절양장(九折羊腸)이 물도곤 어려웨라
이 후란 배도 말[馬]도 말고 밭 갈기만 하리라

※ **해설** : 풍파에 한 번 혼이 난 사공이 배를 팔아서 말[馬]을 사니 양의 창자처럼 꼬불꼬불한 길이 사공질 할 때의 물보다 더 어렵구나. 이후에는 사공도, 마부도 그만 두고 밭 가는 농부가 되는 것이 제일 안전하겠구나.

위의 시조는 조선 후기(문종~인조)의 문신 낙서(洛西) 장만의 시조다. 문과에 급제하여 성균관 승문원의 벼슬을 거쳐 예문관 검열이 되었다. 영남 안찰사를 지내고 병조판서로 있던 중 혼란한 정국을 비판하다가 광해군의 미움을 사서 통진으로 물러났다. 인조반정 뒤 이괄의 난이 일어나자 이를 진압하는 데 큰 공을 세워 진무공신 1등에 오르고 옥성부원군에 봉해졌다. 저서로는 ≪낙서집≫이 있다.

> 청상과부 빈 방 지켜 칠십토록 늙었더니
> 꽃 같은 남자 있다 시집가라 권하건만
> 백발에 연지분 단장 낯 뜨거워 어이리

위의 시조는 본래 한글로 쓰여진 시조가 아니오, 한문으로 된 것을 손종섭이 그의 ≪옛 시정을 더듬어≫에 한글로 옮긴 것이다. 원문을 다 옮길 수는 없어서 처음과 끝만 적는다. 七十老孀婦… 寧不愧脂粉이다. 이 한문시를 지은 사람은 인조 때의 문신 어우(於宇) 유몽인이다. 광해군 때 도승지, 이조참판 등을 역임했으나 인조반정 후 이괄과 동조할 우려가 있다는 혐의로 사형되었다. 저서에는 ≪어우집≫과 ≪어우야담≫이 있다.

유몽인이 자신은 어디까지나 광해의 신하임을 자처하며 두 임금은 섬기지 않겠다는 烈女不更二夫에 기대어 본 풍자시다. 유몽인은 파직된 후 금강산에서 은거하다가 광해군이 쫓겨났다는 말을 듣고 이에 저항해서 거병하려 했다. 유몽인은 고문받지 않고도 모의한 사실을 거침없이 자백했으며 심지어 자기가 지은 한시 〈청상과부〉(靑孀寡婦)를 보여주며 자기가 광해군을 위해 복수하려 했다는 말까지 했다 한다. 그는 국문을 당하면서도 "나의 〈상부시〉로 내 뜻을 보였으니 죄가 된다면 죽어도 억울한 것 없으니 어서 빨리 죽여라."라고 버티면서 극형을 당해 죽은 충신이다.

인조반정에 대해서 약간만 설명해 보자. 인조반정이란 능양군이 원두표, 심기원 등과 모의하여 광해군이 어머니(생모는 아님)를 강등시키고 이복동생 영창대군을 죽인 것을 빌미로 쿠데타를 일으켜 왕위에서 쫓아낸 사건을 말한다. 광해군은 능양군(후일 인조)이 쿠데타를 주도할 것이라고는 예상치 못했다 한다. 그 이유는 뭘까? 사학자 이덕일의 추측으로는 능양군의 아버지 정원군 때문으로 추측하고 있다. 당시 정원군의 생활은 개망나니, 백성의 공적 제 1호였다. 정원군이 일으키는 폐단은 끝이 없어 남의 토지를 빼앗고, 남의 노비는 물론 남의 아내까지 빼앗았다. 정원군이 조야에서 버림받은 인물이기 때문에 광해군은 이런 개차반 집구석에서 그의 아들 능양군이 쿠데타의 주역으로 나올 줄은 미처 생각하지 못했을 것이라는 것이다. 아주 그럴 듯하게 들리는 말이다.

인조반정은 성공했으나 백성들에게 환영받지는 못했다. 이때 서인은 난국타개책으로 남인인 오리(梧里) 이원익을 영의정에 제수하였다. 이

원익은 폐모에 반대하다가 광해의 미움을 받아 경기도 여주에 유배 중이었다. 남인 영의정을 영입한 것은 그만큼 쿠데타에 대한 백성들의 지지가 높지 않았음을 뜻한다. 광해군은 서인은 몰라도 백성들에겐 그리 나쁜 임금은 아니었다. 반정이 끝나고 광해군은 강화도에, 세자와 세자빈을 강화 교동에 안치되었다. 인목대비를 위시한 반정 세력들은 광해군을 죽이라는 명령을 여러 번 내렸으나 강화에서나 제주도에서 광해군을 흠모하고 있던 관리, 백성들이 오히려 광해군을 두둔하여 광해군은 살아남을 수 있었다. 세자는 교동에서 쇼생크 식 탈출을 계획하여 땅굴을 파고 나왔으나 방향을 몰라 이리저리 헤매다가 붙잡혔다. "어떻게 이 새장을 벗어나/ 녹수청산 마음대로 오갈까?(緣何脫此樊籠去 / 綠水靑山任去來)"라는 애절한 시 한 편을 남겼다.

　　천만리 머나 먼 길에 고운님 여의옵고
　　내 마음 둘 데 없어 냇가에 앉았으니
　　저 물도 내 맘 같아서 울어 밤길 가누나

※ **해설** : 천만리 멀고 먼 길에 임금님을 여의옵고 내 마음 어찌지 못해 시냇가에 앉았으니 저 흘러가는 물도 내 마음 같아서 울며 밤길을 가는구나

　　지은이는 조선 전기의 충신(생몰 연대 미상) 왕방연으로 알려져 있다. 단종 복위 사건이 발각되어 단종은 노산군으로 격하되어 강원도 영월로 귀양을 갈 때 호송하였으며 단종에 사약을 내릴 때 그 책임을 맡았다고 전해지고 있다.

나는 단종이 유폐되어 있던 청령포에 네 번인가 다섯 번을 갔다. 내 자형(누나의 남편)을 따르면 단종을 유폐시켰던 청령포를 세조에게 추천한 사람은 신숙주였다 한다. 신숙주가 한때 영월 수령으로 있었기 때문에 그쪽 지리를 잘 알고 있었다고 한다. 사약을 받은 때는 청령포에 있다가 영월 시내 관풍헌으로 거처를 옮겼다. 관풍헌은 아직 그대로 있고 관풍헌과 거의 붙어있던 단종이 가끔 올라가 시를 짓던 〈자규루〉도 그대로 있다. 내가 처음 관풍헌에 갔을 때는 고등학교 학생들이 무슨 수련회를 한다고 모두 관풍헌에 있었다. 그때 내가 한 학생을 붙들고 "여기 이 건물이 어떤 건물인 줄 아느냐?"고 물었더니 "그냥 옛날 집이지요."라는 대답을 듣고는 나는 고만 씁쓸한 생각이 들어 그대로 아무 말 없이 그 자리를 떠나고 말았다. 벌써 60년이 넘은 일이다.

(2020. 3.)

나무도 병이 드니

나무도 병이 드니 정자라도 쉴 이 없다
호화히 섰을 때는 오가는 이 다 쉬더니
잎 지고 가지 꺾인 후로는 새도 아니 앉는다

※ **해설** : 나무도 병이 드니 그 밑에서 앉아 쉬었다 가는 사람도 없구나. 나무가 잎이 무성하고 호화로운 모습으로 서 있을 때는 오는 사람, 가는 사람이 모두 잠시 쉬어가더니 잎 떨어지고 가지 꺾인 후로는 새도 와서 앉지를 않네 .

인간은 정치적인 동물. 권력과 돈이 있을 때는 사람들이 자주 들락날락하더니 돈 없고 권력 떨어진 다음에는 사람도 없다는 야박한 세상인심을 노래한 것이다. 세상인심이 야박하다는 것이 아니라 본래 그런 것이다. 이 시조는 꼭 돈과 권력이 있는 사람에게만 한정할 것이 아니라 젊은 시절, 호화롭던 시절과 늙어 병든 시절에 받는 인간적인 대접으로 보아도 무관하게 적용될 수 있는 시조이다. 우리 인간이 돈과 권력에 약하다는 말은 불필요한 만고 진리인 것이다. 사람이 돈과 권세를 따른다는 것은 인간 사회가 조직되던 그 날부터 있었던 일, 어제오늘 갑자기 유행한 일은 아니다. 그러니 권력 앞에 머리를 숙이고 돈 앞에 목소리가 부드러워지는 행동을 너무 미워하고 흉 볼 필요는 없다.

위의 시조를 지은이는 송강(松江) 정철이다. 그는 자세한 설명이 필요 없는 우리 문학의 보배요 진정한 문호다. 그가 정치가로서 정여립 사건을 다스릴 때 수많은 정적, 특히 동인들을 뚜렷한 증거도 없이 대량 학살을 저지른 잔인함이 그의 문인으로서의 걸림돌이라 하겠다. 그러나 정치적으로 잔인하다고 좋은 문인은 못 된다는 주장은 근거가 매우 약하다. 우리는 일반적으로 '정치' 하면 시조 문학 같은 것과는 거리가 멀고 잔인하고 문학 활동에는 방해가 되는 것으로 알고 있다. 권력에 대한 욕심이 남달리 강하고 권력이 가진 힘을 마음껏 누리려는 송강 같은 사람이 다른 사람들은 쉽사리 따라가지 못할 우수한 문학 작품들을 쏟아 놓는 것을 보면 문학과 권력은 구태여 상반된다고는 볼 수 없는 것 같다. 이귀원(李國文)이 지은 〈중국 문인들의 비정상적인 죽음〉을 보면 이백 같은 이는 음풍농월이나 하는 시인으로, 돈과 부귀영화를 뜬 구름으로 보는 것 같으나 실제로는 그는 이 세상을 하직하는 눈을 감는 바로 그날까지 권력 주위에 맴돌며 황제의 부르심을 꿈 꾼 시인이지 결코 세상만사를 초연하게 보며 지는 해, 뜨는 달만 노래한 시인은 아니었음을 알 수 있다. 사람은 돈과 권력 앞에 고개를 수그리게 돼 있다.

이화여대 교수 정재서에 의하면 옛날 중국에서는 황제가 되자면 시(詩)를 알아야 한다고 생각하였다. 서양의 통치자와는 달리 중국에서는 백성을 다스리자면 풍부하고 부드러운 시적 감성이 있어야 한다고 믿었기 때문에 시(詩)를 짓고 이해하고 사랑하는 것을 매우 중요시하였다고 한다. 그런 이유로 중국의 황제 중에는 송의 휘종부터 모택동, 주은래까지 빼어난 시인들이 많다고 한다.

　　송림에 눈이 오니 가지마다 꽃이로다
　　한 가지 찍어내어 님 계신데 보내고져
　　님께서 보신 후에야 녹아진들 어떠리

※ **해설** : 소나무 숲에 눈이 오니 소나무 가지마다 꽃이 핀 듯 아름답구나. 그 한 가지를 꺾어서 님에게 보내고 싶네. 님께서 내가 보낸 눈꽃을 보신 다음에야 가지마다 붙은 눈이 녹아버린들 어떠리.

　아름다운 눈꽃을 사랑하는 님에게 보여주고 싶은 마음을 노래하였다. 송강이 생각하는 님은 누구일까?

　임금이었지 싶다. 송강은 평생 임금에 잘 보이려고 많은 노력을 아끼지 않았다. "뵙고 싶어요." "그리워요." 등의 말을 써 가며 달라붙는 송강을 미워할 이유가 없다. 그래서 임금의 미움을 받고 멀리 귀양을 가서도 임금에 대한 사랑과 그리움을 고백하더니 귀양을 가서 곧 풀려나곤 한 것이 모두 대여섯 번에 이르렀다고 한다.

　위의 노래는 내 어머님의 애창곡이기도 하다. 내 어머님은 한일합방 전 1901년 왜관읍 매원동 광주 이씨 집성촌에서 태어나 16살 되는 해에 안동 예안 역동으로 시집오셨다. 평생 학교 문 앞에도 못 가보신 분이지만 뛰어난 기억력으로 당시 부녀자들에게는 금서(禁書)로 되어있는 〈춘향전〉 같은 소설은 비밀히 읽고 아예 외어버리셨다 한다. 소동파의 〈적벽부〉 같은 것은 뜻도 잘 모르시면서 마구 달달 외우고 노계의 〈도산가〉, 백거이의 〈장한몽〉 같은 것도 외운다. 〈춘향전〉에 비하면 송강의 "송림에 눈이 오니 가지마다 꽃이로다…" 같은 단가는 '새발의 피'가 아니겠는가.

> 내 마음 베혀내어 저 달을 만들고져
> 구만리장천(九萬里長天)에 번 듯이 걸려있어
> 고운님 계신 곳에 비추어나 보리라

※ **해설** : 이 가슴속을 베어서 저 달을 만들고 싶다. 그리하여 넓고 넓은 하늘에 떠 있으면서 임금님이 계신 곳을 환하게 비춰드리고 싶다.

이 얼마나 임금에 대한 충정(忠情)이 지극한 노래인가. 임금인들 이런 충정을 보이는 신하를 어찌 가까이 두기를 바라지 않겠는가. 송강이 〈아첨문학〉의 대가라고 나무라는 현대 문학인들은 바로 이런 노래를 두고 말하는 것이리라.

송강에 대해서는 다음과 같은 이야기가 전해온다. 26살 때 장원급제한 송강은 암행어사로 관북지방에 나갔다. 송강은 어느 고을의 기생과 잠자리를 같이 하고 이튿날 아침 떠나기 전에 그 기생에게 말했다. "내 10년 후에는 감사가 되어 여기 다시 오리라." 이 말을 고깝게 들은 기생은 "감사는 귀하고 높은 벼슬이니 찰방이 어때요?" 송강이 한 말을 완전 무시해버렸다. 찰방은 지위가 낮고 얻기가 쉬운 자리다. 10년 세월은 무정케 흘러 감사가 된 송강은 다시 그곳을 찾아갔다. 그 기생은 여전히 거기에 있었다. 그러나 송강은 자기와 그 기생의 늙었음을 한탄하며 다음과 같은 노래 한 수를 불렀다.

　　　십 년 전의 약속이 감사나 찰방이었는데
　　　비록 내 말이 맞긴 했으나
　　　모두가 귀밑털이 반백으로 세었네

　위의 노래에서 송강의 예술가다운 기질, 호방한 성격을 잘 엿볼 수 있다. 십년 전 일은 물어 무엇하리. 무정세월의 풍화작용은 생각도 않고—.

(2020. 3.)

내 벗이 몇이나 하니

내 벗이 몇이나 하니 수석(水石)과 송죽(松竹)이라

동산에 달 오르니 긔 더욱 반갑고야

두어라 이 다섯 밖에 또 더하여 무엇하리

※ **해설** : 내 벗이 몇인고 헤아려보니 수석(水石), 즉 물과 돌, 그리고 송죽(松竹),
즉 소나무와 대나무일세. 동산에 달이 솟아오르니 금상첨화라 더더욱 좋구나.
그만둬라. 이 다섯 두고 또 다른 것은 더해서 뭐하겠느냐.

위는 고산(孤山) 윤선도의 유명한 오우가(五友歌)의 서시(序詩)다. 내
가 고등학교 때 이 오우가는 국어 교과서에 나오는 것이라 "내 벗이 몇
인가 하니…" 하는 서시의 첫 구절은 그냥 입에서 저절로 흘러나왔던
시들이다. 이 오우가는 고산이 해남 금쇄동에 은거할 때 지은 것이다.

해남 삼산벌의 주인 고산은 어떻게 해서 부잣집 아들로 태어났을까?
〈나의 문화유산 답사기〉를 쓴 유홍준을 따르면 다음과 같다. 윤 고산은
고산의 4대 할아버지 어초은 윤효정 때 그의 전라도 부호 초계 정씨로
부터 상속받아 갑자기 갑부가 되었다 한다. 임진왜란을 경계로 자손 균
분에서 장자 상속으로 넘어갔다. 임진왜란 전에는 해남 삼산벌의 주인

은 그 옛날 호남의 대부호 초계 정씨였다고 한다. 그러나 자손 균분의 상속으로 이 땅은 해남 윤씨에게 시집간 외동 딸에게 떼어줬다는 것이다. 처가 덕분에 벼락부자가 된 어초은 윤효정은 일찍이 장자상속을 시행하고 해남 윤씨의 재산은 눈덩이처럼 불어나게 되었다. 이리하여 신흥갑부가 된 해남 윤씨 집에는 이 재력을 바탕으로 인물을 배출하기 시작하니 어초은 4대손에 이르러 고산 윤선도가 나오고 그의 증손자 대에는 공재(恭齋) 윤두서가 나왔다. 그러나 윤씨 집안이 남인이었기 때문에 노론이 주도하는 정국에서 큰 정치적 인물은 나오지 못했다.

구름 빛이 좋다하나 검기를 자주한다
바람소리 맑다하나 그칠 적이 많구나
좋고도 그칠 때 없기는 물뿐인가 하노라

위의 시조는 오우가 중의 한 수로 순우리말로 적혀있어서 별다른 해석이 필요 없는 노래다.

물이나 구름은 우리 인생에 자주 비유가 되는 것들이다. 유수 같은 세월이니, 낙화유수니, 윗물이 맑아야 한다느니(上善若水), 평생을 뜬구름처럼 살았다느니, 부귀공명을 뜬구름 보듯 한다느니 하는 말은 우리 인생을 물이나 구름에 비추어 보려는 심사이다.

나무도 아닌 것이 풀도 아닌 것이
곧기는 뉘 시키며 속은 어이 비었는가

저렇고 사시에 푸르니 그를 좋아하노라

※ **해설** : 나무도 아니고 풀이라 할 수도 없는 것이 누가 시켜서 그런가. 곧기는 한없이 곧고 속은 텅 비었는가. 그렇고도 봄, 여름, 가을, 겨울 사계절 내내 푸르니 그것이 참 좋구나.

대나무에 대한 칭송이다. 매화(梅花), 난초(蘭), 국화(菊), 대나무(竹)은 4군자로 불리며 예부터 선비들이 좋아하던 나무요 꽃들이다. 절의를 중시하던 대나무는 강직한 절개를 가진 지사의 상징으로 되어있다. 그러나 요사이는 오물 속에서 오물을 마시며 서로 물고 뜯던 정치인들도 동료 정치인에 경사가 있을 때는 난이나 국화 따위를 보내어 축하를 한다. 한없이 더럽고 추악한 인간들이─.

작은 것이 높이 떠서 만물을 다 비추니
밤중에 광명이 너만한 이 또 있느냐
보고도 말 아니하니 내 벗인가 하노라

※ **해설** : 작은 것이 높이 떠서 이 세상 만물을 다 비추어 밤에 밝은 빛을 내는 것이 너만한 것이 또 있겠느냐. 추악하고도 더러운 것을 다 보고도 아무 말이 없으니 너야말로 진정 군자요 나의 벗이로구나.

산수간 바위 아래 띠집을 짓노라 하니
그 모른 남들은 웃는다 한다마는
어리고 향암의 뜻에는 내 분인가 하노라

이 시조의 작자 고산 윤선도가 병자호란 때 왕을 호송하지 않았다는 이유로 영덕에 유배되었다. 유배에서 풀려나 고향에 내려가 마음 편하게 살려는 초연한 심정을 노래한 것이다. 그러나 내 생각으로는 말은 그렇게 번듯하게 하면서도 그는 대단히 사치스런 짓은 다하고 다녔으니 요새 세상 같으면 한나라당의 탄핵감일 것이다.

> 보리밥 풋나물을 알맞춰 먹은 후에
> 바위 끝 물가에 슬카장 노니노라
> 그 남은 여남은 일이야 부럴 줄이 있으랴

그야말로 논어에 나오는 말 따라 "나물 먹고 물 마시고 팔을 베고 누워있어 대장부 살림살이 이만하면 만족한다(飯蔬食飮水曲肱而枕)"의 사상이 바탕에 깔려 있는 시조다. 내가 한국 E여대에서 위의 "나물 먹고 물 마시고…" 구절을 얘기했더니 어느 학생 하나가 "남자가 나가서 일해서 돈을 벌어와 식구를 먹여 살려야지 나물 먹고 팔을 베고 누워 있으면 어떡해요?" 하기에 "그런 녀석한테는 절대 시집가지 말거라" 하고 한바탕 웃은 적이 있다.

버렸던 가야금을 줄 얹어 놓아보니

청아한 옛소리 반가이 나는구나

이 곡조 알 이 없으니 집껴놓아 두리라

※ **해설** : 버려두었던 가야금을 꺼내 줄을 얹어서 타보니 맑고 그윽한 옛날의 그 소리가 변함없이 나는구나. 슬프다. 이 맑은 곡조를 알아줄 사람이 없으니 다시 갑에 집어넣어 두는 수밖에 없구나.

유배에서 집에 돌아와 옛날에 타던 가야금을 다시 타 보니, 맑고 그윽한 옛날의 그 소리가 반갑게 다시 나네. 그러나 아, 그 곡조 알아 줄 사람도 없는 세상에 가야금을 타서 무엇하리. 다시 집에 넣어두자. 고산은 온순하고 맑고 고고한 성격인데다가 불의를 보면 참지 못하는 성격 때문에 스물여섯 살 때부터 당시의 권신 이의첨 일파의 불의를 비난하는 상소를 올렸다가 거의 평생 유배를 다녔다. 이의첨 일파가 인조반정으로 숙청된 다음에 풀려나 의금부도사에 제수되었으나 세 달 만에 사표를 던지고 고향 해남으로 내려왔다. 고향 해남에서 살던 중 병자호란이 일어났다는 이야기를 듣고 세상에 다시 나오지 않으려고 제주도로 가던 중 보길도의 빼어난 경치에 매료되어 그 섬에 부용당, 낙서재, 세면정 등 건물을 짓고 거기에서 살았다.

(2020. 2.)

냇가의 해오랍아

냇가의 해오랍아 무슨 일로 서 있는다
무심한 저 고기를 엿보아서 무엇하리
아마도 한 물에 있거니 잊은들 어떠하리

※ **해설** : 냇가에서 서 있는 해오라비야 너는 무슨 일로 그렇게 하루종일 서 있느
냐. 아마도 물고기를 노리는 모양인데 너나 해오라비나 같이 살아있는 것들
이니 좀 잊어버린들 무슨 큰일이 나겠느냐.

지은이는 조선 중기의 문신 상촌(象邨) 신흠이다. 문과에 급제하여
성균관 대사성, 병조참판 등을 지냈다. 임금 선조로부터 유교칠신(遺教
七臣)의 한 사람으로 뽑혔다. 인조반정 후 대제학, 이조판서 등을 지나
서 영의정에 올랐다. 한문학(漢文學)의 대가로 장유, 이정구, 이식과 함
께 조선 중기의 4대 문장가로 꼽힌다. 저서로는 ≪상촌집≫이 있다. 위
의 시조는 당쟁의 소용돌이 속에서 대북 소북간에 서로 죽이고 살리는
싸움을 개탄하는 시조다.

위의 시조 풀이에서 나오는 유교칠신(遺教七臣)이란 무엇이며 대북
소북 간에 싸움이란 무엇인가? 이에 대한 설명은 광해군의 왕위 계승부

터 시작된다. 선조는 아들이 많았지만 정비 소생은 없었다. 선조의 나이가 40을 넘자 세자책봉을 서둘렀다. 적자가 아닌 아들 광해를 세자로 책봉하려고 하던 참에 1616년 인목대비가 적자인 영창대군을 덜컥 낳는다. 눈치 빠른 신하들은 선조의 속내를 알고 영창대군을 지지하는 세력으로 쏠린다. 1608년 선조는 사경을 헤매는 지경에 처하자 현실적인 판단에 근거해 할 수 없이 광해군에게 선위교서를 내린다. 그런데 선위교서를 받은 영의정 유영경은 이를 공표하지 않고 자기 집에 감추어버린다. 우여곡절 끝에 광해군은 34살의 나이로 왕 자리에 앉는다. 선조는 죽기 전에 당시 6살이던 영창대군의 안위가 걱정되어 일곱 신하들에게 자기가 죽고 나서 영창대군을 잘 돌봐달라는 요지의 부탁을 한다. 이들을 유교칠신(遺敎七臣)이라 부른다. 광해군 재위 15년 동안 정권을 장악한 것은 대북파였다. 대북파는 정권 유지를 위해 많은 사람을 죽였는데 대북에 미움을 받아 잡혀가서 죽어오는 모습은 마치 박정희, 전두환 군사 정권 때와 같았다고 한다.

　　강호에 노는 고기 즐긴다 부러워 마라
　　어부 돌아간 후 엿보느니 백로로다
　　종일을 뜨락 잠기락 한가한 때 없어라

※ **해설** : 물속에서 놀고 있는 물고기 참 즐겁게 놀고 있다고 부러워하지 마라. 어부 돌아가면 물고기를 엿보는 백로가 있다. 이들 때문에 하루 종일 떴다가 잠겼다 하니 물고기들도 한가로운 때가 어디 있겠느냐.

국화야 너는 어이 삼월동풍 다 지내고
낙목한천(落木寒天)에 너 홀로 피었나니
아마도 오상고절(傲霜孤節)은 너뿐인가 하노라

※ **해설** : 국화야 너는 어이해서 삼월에 부는 동쪽에서 오는 바람 다 지내고, 나뭇잎 다 떨어진 어느 추운 날 너 혼자 외로이 피어있느냐. 생각건대 서리를 비웃고 절개를 지키는 높은 기개를 가지고 있는 꽃은 너뿐인 것 같구나.

위의 시조 두 수를 지은이는 조선 후기의 문신 삼주(三州) 이정보다. 사헌부 지평으로 탕평책을 반대하는 글을 올렸다가 파직 유배된 적도 있다. 글씨와 한시에 능했으며 정2품에 해당하는 대제학을 지낸 고관이었으나 평소 음악을 좋아해서 관직에서 물러난 후 자기 집에서 가기(歌妓) 10여 명을 양성했다는 말도 전해온다. 서신혜가 쓴 ≪열정≫에는 이정보에 관한 다음과 같은 이야기가 실려 있다.

이정보는 계섬이라는 노래 잘하는 아이를 늘 아껴서 곁에 두었다. 계섬은 아전의 딸로 태어났으나 열 살 조금 넘어 고아가 되어 노비로 지내다가 이정보 밑에 있게 된 것이다. 계섬은 자기 재능을 기특하게 여기고 인정해 주는 주인 밑에서 열심히 노력하여 명창이 되었다. 그러다가 이정보가 죽었다. 계섬은 친아버지가 돌아가신 것처럼 슬퍼하며 곡을 하였다. 때마침 대궐에 큰 잔치가 열려서 계섬은 그 잔치에 가야 했다. 요즘에야 음악하는 사람들은 예술가로 대접이 상당하지만 조선시대에는 음악하는 사람들은 천민에 속했다. 그러니 부르면 가야 했다. 계섬은 대궐의 부름에 나가면서도 아침저녁으로 이정보의 집을 오가며 제사

음식을 살폈다. 대궐의 잔치가 끝나자 계섬은 술과 안주를 마련하여 이 정보의 묘소로 달려가 술을 올렸다. 술 한 잔에 노래 한 곡을 되풀이하다가 날이 저물면 돌아오곤 했다. 자기 음악을 알아보고 자기를 인정해 주었기 때문이다. 그 후 한양의 부호 한상찬이 수많은 돈을 들여 계섬의 뒷바라지를 했다. 그러나 계섬은 즐거워 않고 그의 곁을 떠났다. 돈으로 뒤를 봐주는 것과 자기를 알아주는 것은 다르기 때문이다.

그 후 계섬은 평양감사 회갑연에 참석도 했고 화성에서 있었던 정조의 어머니 혜경궁 홍씨 회갑연에서도 노래를 했다. 끝내 지기를 얻지 못한 쓸쓸함을 이기지 못했던 계섬은 시조 한 수를 남겼다.

청춘은 언제 가며 백발은 언제 온고
오고 가는 길을 알던들 막을건가
알고도 못 막을 길이니 그를 슬퍼하노라

※ **해설** : 이정보의 지음을 입었던 꿈같은 청춘은 어느덧 가고, 나를 알아줄 사람을 찾아 헤매다 보니 어느덧 백발이 되었구나. 평생 찾아 헤매던 지기는 아직도 보이지 않으니 아, 아 슬프다.

가객 계섬을 알아주고 잘 돌보아줘서 국창(國唱)까지 만든 보호자 삼주 이정보의 시조를 세 수만 더 감상해 보자.

각시네 꽃을 보소 피는 듯 시드나니
얼굴이 옥 같은들 청춘을 매었을까

늙은 후 문전이 냉락하면 뉘우칠까 하노라

※ **해설** : 꽃 피면 달 생각나고 달이 밝으면 술 생각이 나네. 아가씨들이여 꽃을 좀 보시오. 피자마자 시들어버리지 않소? 아가씨네 얼굴이 옥같이 귀하고 아름답다고 해서 그 젊음이 영원히 그대로 있을 줄 아시오. 천만에, 늙으면 그렇게 성시를 이루던 문전도 영락하여 쓸쓸하게 되는 것이 인생. 그때 가서 뉘우 친들 무슨 소용이 있겠소?

꽃 피면 달 생각하고 달 밝으면 술 생각하고
꽃 피자 달 밝자 술 얻으면 벗 생각하네
언제면 꽃 아래 벗 데리고 완월장취(玩月長醉)하려뇨

※ **해설** : 꽃 피면 달 생각나고 달이 밝으면 술 생각이 나네. 꽃피고 달 밝고 술 있는 날 오랜 벗과 함께 거나한 기분으로 달을 벗 삼아 오랫동안 놀아보고 싶구나.

나는 경상북도 안동군 예안면 소재지에 있던 예안국민학교를 다녔다. 함께 졸업한 동창생이 2반 합해서 150명은 됐지 싶다. 70년 세월이 흐른 2020년 현재 살아있는 동창생은 한 90여 명 되는 걸로 알고 있다. 해마다 모이는 동창생은 기껏해야 30여 명. 꽃 피고, 새 울고, 달 밝고, 봄바람 불어오는 밤, 같이 술을 마시며 회포를 풀고 싶어도 제대로 만날 수 있는 벗이 몇 안 된다. 그나마 해마다 2, 3명이 줄어든다.

맨 첫 구절 '꽃 피면 달 생각하고'는 내가 너무나 좋아해서 훔쳐다가 내 수필집 제목으로 쓴 적이 있다.

물노라 불나비야 네 뜻을 내 몰라

한 마리 죽은 뒤에 또 한 나비 따라오네

아무리 푸새엣 짐승인들 너 죽는 줄 모르구나

※ 해설 : 불나비야 물어보자. 나는 네가 왜 그러는지 모르겠으니 대답해다오. 한 나비가 불 속으로 뛰어들어 타 죽으면 또 한 녀석이 뒤따라 뛰어든다. 아무리 하잘것없는 벌레라 하더라도 자기가 죽는 줄 왜 모른단 말이냐.

인간 세상에서 벼슬이 좋다고, 이득이 있다고, 나중에 패가망신할 것은 생각도 안 해 보고 너도나도 마구 뛰어드는 사람들을 보면 자기가 불에 타 죽을 줄 모르고 뛰어드는 불나비와 다를 것이 뭣이란 말인가.

(2020. 3.)

나비야 청산 가자

나비야 청산 가자 범나비 너도 가자
가다가 저물거던 꽃에 들어 자고 가자
꽃에서 푸대접하거든 잎에서나 자고 가자

내가 무명씨의 작품으로는 수작으로 꼽는 시조다. 그야말로 시조의
주인공은 물 따라 구름 따라 살아가는 운수행각(雲水行脚)의 수도자인
가, 억지를 부리지 않고 순리대로 살아가는 소박하고 넉넉한 자연인의
모습이 엿보인다. 떠도는 말을 빌린다면 아직 한 번도 성형 전문의사의
칼날이 그의 몸에 닿은 적이 없는 100% 자연인의 삶이라할까.

이 시조는 우리 민요 〈아리랑〉과 비슷해서 신이 나서 부르면 마음이
한결 가벼워지고 신바람이 나고, 그 반대로 기분이 울적하여 마음이 무
거운 상태에서 부르면 마음이 납덩이처럼 무거워지고 우울하게 된다.
꽃에서 푸대접하면 잎에서라도 자고 가겠다니 이는 우리 백성이 수천
년을 당한 설움, 아무리 발버둥 쳐봐야 말짱 헛것이니 순종하고 살아가
자는 관습에 젖은 버릇이지 싶다.

한숨은 바람이 되고 눈물은 세우되어

님 자는 창 밖에 불면서 뿌리고져

날 잊고 깊이 든 잠을 깨워 볼까 하노라

※ **해설** : 나를 잊고 깊은 잠에 떨어진 님아. 내 한숨은 바람이 되고 눈물은 가랑
비 되어 나를 잊고 깊이 잠을 자고 있는 님의 창밖에 뿌려댈 테니 그리 알아
라.

날 잊어버리고 잠만 자는 녀석, 어디 네가 잠이나 편하게 잘 줄 아느
냐. 어디 내가 이기나 네가 이기나 한 번 해보자. 여자의 마음치고는
결코 곱다고는 할 수 없는 마치 〈전설의 고향〉에 나오는 마귀의 심보이
다. 이 정도 결심이 굳은 연인과는 아예 인연을 맺지 않는 것이 현명한
일인 것 같다.

좀 부풀려 말하면 남녀 관계에서 한 쪽이 정말 싫다하면 그만인데
가만 두질 못하고 무슨 수를 써서라도 그 싫어하는 감정을 되돌리려는
사람들을 보면 이해가 잘 가지 않는 경우가 많다. 예를 들어, 님이 나를
잊어버리고 깊은 잠에 빠졌다면 가랑비가 되어 유리창 문을 두드린다거
나, 귀뚜라미나 두견새가 되어 잠을 못 자도록 울어대겠다는 것도 위의
시조와 비슷한 심술이 도사리고 있는 것이 아닐까.

술아 너는 어이 달고도

먹으면 취하고 취하면 즐겁고야

인간의 번우한 시름을 다 풀어볼까 하노라

※ **해설** : 달고도 씁쓸한 술을 먹으면 취하고 취하면 즐겁구나. 우리가 가진 걱정
거리. 모든 시름을 다 잊게 해 주는 술이여 오늘은 실컷 마시고 일만 근심
걱정 다 잊어보련다.

나는 술을 좋아하나 술을 잘 마시지는 못한다. 술에 얽힌 일화 하나.
양녕을 자기를 이어 임금이 될 사람으로 정했다가 세종으로 갈아버린
태종 이방원은 처음에는 충녕과 세종을 놓고 둘 중에서 하나를 고를
예정이었다. 그런데 세종으로 낙착되고 말았다. 그 이유 중의 하나는
충녕이 술을 전연 마시지 못한다는 것이다. 중국 사신을 접대하는데 술
을 못하면 큰 오점이 된다고 생각했기 때문에 탈락된 것이다. 대한민국
은 미국이라는 나라의 속국이나 되는 것처럼 미국을 존중해도 대한민국
대통령의 자질에 영어를 해야 한다는 규준은 없다.

어느 무명씨의 작품이다.

　　술을 취케 먹고 두렷이 앉았으니
　　억만 시름이 가노라 하직한다
　　아이야 잔 가득 부어라 시름 전송하리라

※ **해설** : 술을 마시고 빙 둘러 앉았으니 일만 근심이 사라지네. 아이야 한잔 가
득 부어라. 이 근심 잊어버리게.

양파(陽坡) 정태화의 시조다. 양파 정태화는 인조 때에 우의정, 좌의
정을 거쳐 영의정을 5차례나 지냈다. 양파에게는 재미있는 일화가 하나

전해온다. 이야기는 이렇다.

　양파가 하루는 자기 사랑방에서 동생 지화와 함께 얘기를 나누고 있었는데 청지기로부터 우암(尤庵) 송시열 대감이 왔다는 전갈이 왔다. 우암과 양파와는 당파도 다르고 동생 지화는 우암을 무척 싫어하는 사이였다. 아무튼 우암이 찾아왔다는 말에 동생 지화는 "형님, 내 그 자를 보기 싫으니 다락에 올라가 있다가 그가 가면 내려 오겠습니다."며 다락으로 올라가버렸다. 양파와 우암은 10여 분이 넘도록 서로 아무 말이 없이 앉아 있었다. (양파와 우암 둘 다 워낙 말수가 적은 사람들이었다.) 다락에 있는 지화는 아무리 기다려도 방에서 말하는 기척이 들리지 않자 우암이 떠난 줄 (잘못) 알고 "형님, 그 자식 갔습니까?" 하고 소리를 내질러버렸다. 입장이 난처해진 양파는 "아, 아까 왔던 과천 산지기는 돌아가고 지금 우암 대감이 와 계시네." 하고 둘러댔다. 우암이 떠나고 난 후에 양파는 동생에게 "나는 네가 내 뒤를 이어 영의정에 오를 줄 알았는데 오늘 보니 그럴 인물은 못 되는구나." 하였다고 한다. (동생도 나중에 영의정에 올랐다.)

　위의 시조 세 수는 모두 술을 먹으니 그렇게 좋다는 음주 찬사이다. 술을 먹으니 일만 근심을 잊겠다는 것은 저 난세(亂世)의 영웅 조조(曹操)가 남긴 시에서도 찾아 볼 수 있다.

　손종섭의 번역이다.

　　술을 마시면 마땅히 노래를 부를 것이니
　　사람의 한 평생은 과연 얼마나 되나?

무엇으로 이 근심 풀 것인가?

오직 술이 있을 따름이다.

술 깨면 시름이 많고 날 저물면 고향이 생각나니

내 언제 시름없이 고향으로 돌아갈고

아마도 이내 정회(情懷)는 언지무궁인가 하노라

※ **해설** : 술 깨면 시름이 많고 날 저물면 고향이 생각나니 내 언제 시름 없이
　　고향으로 돌아갈 날이 있을까. 아마도 나의 이 정회(情懷)는 말로는 다 표현
　　하지 못할 것인가 보네.

박양좌라는 사람의 노래인데 그의 생몰연대에 대한 기록은 없다. ≪
청구영언≫에 그의 작품 54수가 전한다. 박양좌는 해남에서 태어나 평
생 산수의 경치를 찾아 노닐고자 자신의 뜻을 세웠으나 자신의 뜻을
이루지 못 하였다고만 적혀있다.

하늘에 뉘 다녀온고 내 아니 다녀온다

팔만 궁녀를 다 내어 뵈데마는

아마도 내 님 같은 이는 하늘에도 없더라

※ **해설** : 어느 무명씨의 노래다. 하늘에 누가 다녀왔느냐, 내가 다녀오지 않았느
　　냐. 8만이나 되는 궁녀를 다 내게 보여주었지마는 아마도 내 님 같은 어여쁜
　　님은 그 중에 없더라.

내 님이 제일 예쁘다는 것을 확인하려고 구태여 하늘까지 가서 8만 궁녀를 볼 것까지는 없다. 요새 세상에서는 나라 안뿐이 아니라 온 세계에서 예쁘기로 이름난 여인을 텔레비전을 통하여 볼 수 있지 않은가.

이러나저러나 하늘에 있는 8만 궁녀보다도 자기 님이 제일이라는 데는 단순히 얼굴만 가지고 하는 말은 아닐 것이다. 아마도 얼굴 뒤에 도사리고 있는 마음씨를 보고 궁녀보다도 낫다, 못하다를 결정했을 것이다. 아무리 얼굴이 빼어나게 잘 생겼더라도 늙으면 윤기가 빠지고 바스러지는 법, 그러나 마음의 아름다움이야말로 세월이 흘러가도 변치 않는 것. 그러나 이 시조를 지은이에게 물어볼 수도 없다. 또 한 가지 지은이에게 드리는 마지막 충고 한마디. 이세상에 좋다, 나쁘다, 멋있다, 멋대가리 없다, 잘 생겼다, 못 생겼다 같은 말은 그것을 보고 판단하는 사람의 눈에 달렸다는 것, 제 눈에 안경이라는 사실을 잊지 말도록.

(2020. 4.)

녹이 상제 살찌게 먹여

녹이 상제 살찌게 먹여 시냇물에 씻겨 타고
용천설악을 들게 갈아 둘러메고
장부의 위국충절을 세워볼까 하노라

※ **해설** : 녹이나 상제 같은 좋은 말[馬]을 살찌게 배부르게 먹여 시냇물에 잘
씻어서 타고 눈같이 번쩍이는 용천검을 잘 들게 갈아서 어깨에 둘러메고 사
내대장부의 나라 위해 바치는 일을 해 볼까 하노라.

누가 읽어도 작자는 칼 쓰고 활 쏘는 무인이라는 생각을 쉽게 할 수
있는 시조다. 지은이는 고려 말기의 명장 최영이다. 위의 시조에서 용
천설악이란 초나라 임금이 오와 월 두 나라의 이름난 칼을 만드는 장인
(匠人)에게 칼 세 자루를 만들게 했는데 그 첫째가 용천이다. 설악이란
눈처럼 번쩍이는 칼날을 의미한다.

최영은 고려 말의 이름난 보수파 장군으로 이성계에게 목숨을 잃었
다. 고려 말에는 중국의 홍건적들이 두번이나 고려를 침입하여 개경도
도적떼의 수중에 들어간 적이 있고, 왕은 저 멀리 경상도 안동까지 난을
피해 도망간 적이 있었다. 설상가상으로 왜구들도 대규모로 침입해서

나라 전체가 어수선한 분위기였다. 이때 위기에 빠진 고려를 구한 인물은 이자춘, 이성계 부자였다. 이자춘이 갑자기 죽자 당시 26살이던 그 아들 이성계가 이름을 얻게 된다. 이때 명나라에서는 철령 이북의 땅을 돌려달라고 하므로 공민왕은 이 기회에 명을 칠 생각을 하고 최영을 총사령관으로, 이성계, 조민수를 선봉장으로 삼아서 출군 명령을 내렸다. 그러나 이성계는 명과 싸울 수는 없다는 4가지 이유를 들어 출정에 미지근한 태도를 보였다. 이성계는 압록강 어구에 있는 섬 위화도까지 가서 군사를 돌려 수도로 되돌아 왔다. 이를 위화도 회군이라 한다. 돌아온 이성계는 최영을 잡아 죽였다. 이렇게 하여 최영은 자기보다 19살이 더 어린 이성계의 손에 죽어서 고려의 만고충신이란 명예를 얻은 것이었다.

장검을 빼어들고 백두산에 올라보니
대명천지에 성진이 잠겼세라
언제나 남북풍진을 헤쳐볼까 하노라

※ **해설** : 긴 칼을 뽑아들고 백두산에 올라보니 밝고 밝은 세상에 피비릿내 나는 먼지가 자욱하구나. 남쪽의 왜구와 북쪽의 오랑캐들과의 전쟁은 언제쯤 말끔히 헤쳐 볼까?

무인으로서 남이의 씩씩한 기상이 엿보이는 장한 노래다. 유자광의 모함으로 28세 청춘에 형장의 이슬로 사라지게 한 남이의 한시 한 수를 소개한다.

白頭山石磨刀盡　豆滿江水飮馬無

男兒二十未平國　後世誰稱大丈夫

※ **해설** : 백두산의 돌은 칼을 가느라 다 없애고 두만강의 강물은 말이 다 마셔서 없어졌네. 남아 스물에 나라를 평정하지 못하면 후세에 누가 대장부라 부를까?

위의 시에서 未平國(나라를 평정하지 못하면)을 未得國(나라를 얻지 못하면)으로 예종께 보고하여 남이가 역모의 마음이 있다는 것을 알 수 있다고 충동질을 한 것이다.

박영수의 《조선유사》에서 빌려온 내용은 다음과 같다. 남이는 16살에 장원 급제하여 이시애 난을 평정하는 데 큰 공을 세워 세조의 신임이 두터웠다. 남이는 태종 이방원의 외손자인데다가 당시 권세가요 개국공신이기도 했던 권람의 사위이기도 했으니 세조가 싫어할 이유가 어디 있겠는가. 이시애 난을 평정하고 돌아와서는 병조판서의 자리에 올랐다. 그때 남이의 나이 불과 28세–. 승승장구하던 남이도 아내인 권람의 딸과 이혼을 하게 되고 남이를 아끼던 세조가 죽고 예종이 임금이 되고는 사정이 급변하였다. 예종이 왕위에 오르고 그의 출세를 시기해 오던 유자광은 남이에게 큰 죄를 무고로 덮어씌웠다. 당시 18살로 남이에게 강한 질투심을 느끼던 임금 예종은 유자광의 고자질에 넘어가서 즉각 국문을 시작하였다. 남이는 결백을 주장했지만 상황은 남이에게 불리하게 돌아갔다. 남이의 친척들은 혹시 자기가 거기 연류될까 싶어서 남이와는 접촉을 피하고 지내왔다고 둘러댔다. 어차피 죽게 될 줄 안 남이는 갑자기 "신은 강순이 가르쳐 주는 대로 했을 뿐입니다." 하며 난데 없이 영의정 강순을 끌고 들어왔다. 강순은 순간에 죄인으로 몰려 고문을 당했고 고문에 못 이겨 모반에 참여했다고 자복했다. 남이는 강순의 꼴을 보고서 말했다. "내가 처음 불복한 것은 후일을 생각해서였소. 그러나 이제 다리뼈가 다 부러지고 폐인이 되었는데 살면 무슨 소용이 있겠소. 나 같은 젊은이가 이러하거늘 다 죽게 된 늙은이가 죽은들 어떻소. 억울하게 죽기는 그대나 나나 마찬가지. 그대는 영의정 자리에 있으면서 부하의 억울함을 보고도 한마디 변호가 없었으니 죽어 마땅하오!"

남이가 죽은 후 무속인들은 그를 사당에 모셔 위로하면서 무병장수와 행운을 기원했다. 무속인들이 그들의 사당에 모시고 비는 신(神) 중에는 유난히 장군들이 많다. 강감찬 장군, 최영 장군, 남이 장군이 대표적이다. 박정희, 전두환 같이 악명으로 역사에 남을 독재자들도 나올지 모르지마는 내 생각에는 이들은 억울한 사람들을 많이 죽였지, 자신이 억울하게 죽은 사람들이 아니기 때문에 무병장수와 행운을 가져다주는 신이 되기에는 자격 미달이지 싶다.

장군이라 할지라도 억울하게 죽은 명장이어야 신으로 모셔지는 모양이다. 중국에서는 비간(比干)과 관우 장군이, 우리나라에서는 남이와 최영 장군이 대표적이다. 비간은 폭군 주신을 꾸짖다가 처형당했고, 최영은 이성계 일파에게, 관우는 조조에게 참형을 당했는데 죽어서도 조조를 노려보며 눈알을 굴렸다고 전한다. 이렇게 죽은 장군들은 저승에서 강력한 힘을 지니게 되었고 마침내 신이 되어 어렵게 사는 백성들의 한을 풀어 주리라 믿었던 것이다.

삭풍은 나무 끝에 불고 명월은 눈속에 찬데

만리변성에 일장검 짚고 서서

긴 파람 큰 한 소리에 거칠 것이 없어라

※ **해설** : 삭풍은 북쪽에서 불어오는 찬바람, 만리변성은 국경 근처의 성, 긴파람
은 길게 내부는 휘파람, 일장검은 한 자루의 긴 칼이다.

  북쪽에서 불어오는 매섭고 추운 바람은 나뭇가지에 윙윙거리고 겨울의
밝은 달은 눈에 파묻혀 찬 기운만 느껴지는데 국경지대에 있는 외딴 성에
서 긴 칼을 짚고 서서 북쪽을 노려보며 긴 휘파람을 불고 크게 한 번 고함
을 질러보기에 아무 것도 거칠 것이 없구나.

  조선 전기의 문신 절재(節齋) 김종서의 작품이다. 절재는 세종 때 문과
에 급제하여 함길도 관찰사가 되어 야인들의 침입을 물리치고 6진을 설치
하여 두만강을 경계로 국경선을 확정하였다. 문종이 죽고 단종을 보필하
였으나 수양대군에 의해 두 아들과 함께 집에서 격살되었다.

  이야기는 이렇다. 수양대군이 무사 양정, 임어을운을 데리고 김종서
의 집으로 갔다. 수양은 김종서에게 청이 있다면서 편지를 건넸다. 김
종서가 달빛에 편지를 비춰보는 순간 임어을운이 철퇴로 김종서를 내려
쳤다. 아들 김승규가 아버지를 구하기 위해 몸으로 덮자 양정이 칼로
찔렀다. 두만강 육진 개척의 원훈 김종서가 이렇게 쓰러지면서 조선의
물줄기를 송두리째 바꾸는 계유정난이 시작되었다.

(2020. 3.)

늙기 서러운 것이

늙기 서러운 것이 백발만 여겼더니
귀 먹고 이 빠지니 백발은 예사로다
그밖의 반야가인도 쓴 외 본 듯 하여라

※ **해설** : 늙기 서러운 것이 백발로만 여겼더니 귀 먹고 이 빠지니 백발은 아무것
도 아니네. 좀 더 살다보니 밤에 얼굴이 지독히 예쁘고 몸매가 끝내주는 여인
을 봐도 본 듯 만 듯 아무 감흥이 일어나질 않고 마치 쓴 외(瓜)를 보는 듯하
구나.

이 노래는 작자 미상의 노래지만 우리의 일상체험과 꼭 맞아떨어지는
노래다. 이 노래를 지은 사람은 여자에 대한 성(性)적 관심이 있고 없음
을 늙음의 최후 단서로 내놓는 것이 흥미롭다.
　사람들은 몇 살 때부터 '내가 늙었구나'는 생각을 할까? 내 생각으로
는 '늙었구나' 하는 생각이 드는 것은 그 사람의 성(性)적 기능과 밀접한
관계에 있지 싶다. 성(性)적 기능이 예전 같지 않고 무력(無力)하다는
생각이 들 때 '내가 늙었구나' 하는 생각이 들지 않는가. 그런데 성기능
이 무력해졌다 해서 이성에 대한 관심이 없어졌다는 것은 아니다. 다시

말하면 이성에 대한 관심은 성기능의 무력화를 지나서도 몇 년 더 오래 지속된다. 그러니 반야가인도 쓴 외(瓜)를 보는 것 같다는 말, 다시 말하면 밤중에 얼굴과 몸매가 뛰어난 여자를 봐도 아무런 감흥이 일지 않는다면 늙음의 최종 확인, 즉 배터리(battery)가 다 나간 게 아닌가 의심해 보는 것도 나무랄 수 없다는 말이다.

시조에서 늙음을 탄식하는 소리는 전쟁터에서 부상병의 신음소리처럼 처절하게 들린다. 말세를 풍미하던 문필가들 중에는 그들의 청춘을 잃어버림을 슬퍼하는 노래를 쓴 사람들이 한 둘이 아니다. 그 가장 대표적인 예가 우리 가사 문학의 보배로 알려진 송강(松江) 정철이다.

> 내 나이 풀쳐내어 열다섯만 하얏고져
> 센 털 검겨내어 아해 모습 만들고져
> 이 벼슬 다 드릴망정 도련님이 되고져

※ **해설** : 내 나이를 풀어헤쳐서 열다섯만 되게 했으면, 이 하얗게 센 머리털을 다시 검게 하여 아이들 모습을 만들 수만 있다면 아, 나의 이 벼슬을 몽땅 다 드리더라도 젊었던 도련님의 시절로 돌아가고 싶구나. 아 그리운 청춘이여, 그리운 그 시절이여.

> 이고 진 저 늙은이 짐 풀어 나를 주오
> 나는 젊었거니 돌인들 무거울까
> 늙기도 설워라커든 짐을 조차 지실까

위의 시조 두 수를 쓴 송강 정철은 어떤 사람인가? 송강은 어릴 때 임금 아들의 귀인(貴人)이 된 누님 덕택에 궁중에 자주 출입하여 명종과 친구가 되었다. 호남 문단의 거목 고봉(高峰) 기대승과 하서(河西) 김인후로부터 학문을 배웠다. 선조가 임금으로 있을 때 전라도 진안 사람 정여립이 모반을 꾀한다는 헛소문이 돌자 선조는 이를 다스리는 위관으로 송강을 임명하였다. 정여립이란 사람은 본래 율곡(栗谷) 이이의 문인이었으나 율곡이 세상을 떠나자 동인으로 옮겨와 율곡을 비방하고 다녔다 한다.

임진왜란이 일어나자 정여립은 의병을 일으켜 왜군과 싸우기도 했다. 이번에는 모반을 꾀한다는 소문에 휩싸이게 되었다. 이 소문의 수습을 맡은 송강은 이를 빌미로 동인들에게 철저한 보복의 칼을 마구 휘둘렀다. 동인과 편지 한 번이라도 주고 받은 사람은 무조건 잡혀가서 가혹한 형벌을 받거나 죽어서 거적에 싸여 돌아왔다. 송강이 휘두르는 칼날은 송강의 고향 전라도 사람이고 아니고를 구별하지 않았다. 영의정 미수(眉叟) 허목에 따르면 전라도 선비만도 1,000여명에 이르는 선비들이 목숨을 잃었다 하니 송강 고향 사람들의 송강에 대한 분노를 짐작해 볼 수 있다. 송강은 그가 좌의정 자리에 있을 때 영의정 이산해의 꾀임에 빠져 세자를 정하는 문제에 걸려들어 선조의 미움을 받아 귀양을 갔다. 송강은 가사문학의 보배로 〈성산별곡〉〈관동별곡〉〈사미인곡〉

등을 위시하여 주옥같은 작품들을 남긴 문호다.

청춘 소년들아 백발 노옹 웃지 마라
공번된 하늘 아래넌들 매양 젊었으랴
우리도 소년행락이 어제런듯 하여라

※ **해설** : 청춘 젊은이들아 머리가 하얗게 된 늙은이라고 비웃지 마라. 공평한
하늘 아래 네들이라고 그렇게 늘 젊게 남아 있을 줄 아느냐. 우리 늙은이들도
물장구치고 숨바꼭질하며 놀던 소녀 소녀 때가 바로 어제 일처럼 생생하구나.

태어날 때부터 늙은이는 없다. 전해오는 말로는 노자(老子)는 엄마
뱃속에서 나올 때 벌써 하얀 백발에다가 지팡이를 짚고 나왔다 한다.
그러니 노자 어머니는 도대체 몇 살이나 살았다는 말인가? 노자를 제외
하고는 모두가 부모나 주위 성인들의 보살핌을 몇 년 받고 나서 차차
청년이 된다. 노자가 자궁 안에 지팡이를 어떻게 들여갔냐에 대해서는
독자들의 상상에 맡기기로 한다. 위의 시조 작자는 미상이다.

이 지구상에 진실로 늙은이를 존경하는 사회는 없다. 제 자식보다 부
모를 더 감싸는 사람은 드문 것처럼 늙은이들을 더 귀하게 여기는 사회
는 없다. 진화심리학에 따르면 인간의 생존 목적은 자기 유전자를 할
수 있는 한 많이, 그리고 널리 퍼뜨리는 데 있다. 이 목적 달성을 위해
서는 자기 부모보다는 제 자식을, 늙은이보다는 젊은이를 감싸고돌아야
한다는 논리다.

이유는 간단하다. 자기의 유전자를 할 수 있는 대로 많이, 널리 퍼뜨

리기 위해서는 어느 사회나 남자는 아는 여자든 모르는 여자든 관계치 않고 섹스(sex)를 많이 해야 한다. 그러나 여자는 아무리 섹스를 부지런히 해도 자기 유전자를 뿌릴 기회는 일 년에 한 번 정도(임신기간은 10개월)를 넘지 못한다. 그러니 여자는 섹스를 할 수 있는 대로 조심조심, 상대방에 대한 정(情)이 있어야 하느니, 마음에 어느 정도 들어야 하느니 하는 선택적인 섹스를 선호한다. 아무튼 사람이 늙으면 섹스를 할 수 있는 능력, 다시 말하면 자기 유전자를 뿌릴 수 있는 능력은 줄어든다. 젊은이들이 아무리 늙은이들을 감싸고 봉양해봤자 자기 유전자를 남기는 데는 별 도움이 되질 않는다.

(2019. 11.)

높으나 높은 나무에

높으나 높은 나무에 날 권하여 올려놓고
이보오 벗님네야 흔들지나 말려므나
떨어져 죽기는 섧지 않으나 임 못 볼까 하노라

※ **해설** : 높은 나무에 나를 올려놓고는 여보소 사람들이여 제발 흔들지 마십시
오. 떨어져 죽기는 섧지 않으나 임 못 볼까 겁이 나오.

위의 시조는 선조 때 문신 이양원이 자기를 추천해 놓고 뒤로는 모략
중상을 하는 세태를 비꼬는 노래다. 떨어져 죽는 것은 서럽지 않으나
임(임금님)을 다시 못 볼까 겁이 난다는 노래다. 지은이 이양원은 선조
때의 문신, 퇴계 이황의 문인이다. 명나라에 간 ≪태조실록≫과 ≪대명
회전≫에 태조 이성계의 아버지가 고려의 이인임으로 잘못 기재되어 있
던 것을 몇 십 년을 두고 애를 써도 고치지 못하다가 이양원이 사신으로
가서 그것을 바로 잡았다. 그 공로로 상도 두둑이 받고 우의정까지 승진
하였다.

1592년 임진왜란이 일어나자 이양원은 유도대장으로 수도의 수비를
맡았다. 이때 의주까지 피난 가 있던 선조가 요동으로 갔다는 (거짓)

소식을 듣고 놀라기도 하고 분한 마음에 단식하다가 자리에 눕고 피를 토하고 죽었다 한다. 사가들의 말을 빌리면 임진왜란이 일어나서 왜군이 서울로 진격해오자 임금 선조는 싸울 생각은 전혀 않고 도망갈 궁리만 했다고 한다. 곁에서 신하들이 모두 극구 반대를 해도 듣지 않는 선조를 보고 유성룡이 참다못해 "요동으로 도망 가면 반드시 중국에서 죄를 물어 체포, 감금할 것"이라는 거짓 정보를 흘리고 나서야 선조는 국경을 넘어 도망 갈 생각을 단념했다고 한다.

한 나라의 임금으로서 싸움터에 나가 한판 승부를 걸고 싸울 생각은 않고 겁에 질린 집개처럼 도망갈 생각에만 바쁜 선조가 얼마나 한심한 사람이구나 하는 생각이 들었겠는가. 그러면서도 시조에서는 신하인 내가 "떨어져 죽는 것은 섧지 않아도 임 다시 못 보는 것이 서럽다"니 뭐니 하였다. 이런 충성스런 신하를 두고 강을 건너 요동으로 도망만 가려는 임금은 얼마나 못난이인가?

> 엊그제 벤 솔이 낙락장송 아니던가
> 적은 덧 두던들 동량재(棟樑材) 되리려니
> 어즈버 명당이 기울면 어느 나무가 버티랴

※ **해설** : 얼마 전에 베어버린 소나무가 낙락장송이 아닌가. 잠시만 그대로 두었으면 큰 집의 대들보가 될 텐데. 아 저렇게 좋은 낙락장송을 사정없이 베어버리면 앞으로 나라가 기울면 어느 나무로 버틸 것인가.

이 노래는 장성의 거유 하서(河西) 김인후의 작품이다. 하서는 21세에 사마시에 합격하여 성균관에 입학, 퇴계 이황과 교분이 두터웠다. 중종이 죽고 인종 또한 재위 1년 만에 죽자 곧이어 을사사화가 일어나고 하서는 고향 장성으로 내려갔다. 여러 번 벼슬에 불렸으나 나아가지 않고 성리학에 전념, 술과 거문고로 세월을 보냈다. 하서는 인종과 매우 가까운 사이였다. 인종이 죽은 뒤에는 인종이 동궁 시절에 하서를 찾아와 글을 묻고 묵죽을 그려주던 인연을 못 잊어 매년 인종의 기일이 되면 산에 올라가 통곡하며 밤을 새우곤 했다 한다. 저서로는 ≪하서집≫이 있다.

위의 시조는 을사사화 때 '양재역 벽서사건'에 연루되어 아무 죄도 없는 임형수 같은 선배가 윤임의 일당으로 몰려 죽임을 당한 것을 슬퍼하는 시조다. 임형수는 퇴계 이황도 문무를 겸비한 장사라고 칭찬을 아끼지 않았던 선비로 하서와 교분이 매우 두터웠다.

양재역 벽서사건이란 무엇인가? 을사사화 2년 뒤인 1547년에 윤원형 세력이 윤임 잔당과 사림세력을 몰아내기 위해 고의적으로 쟁점화했던 정치극이었다. 경기도 과천에 붙은 벽보(내용: 위로는 여왕, 아래로는 이기같은 간신이 권력을 휘두르니 나라가 곧 망할 것) 한 장이 발견되어 임금에게 보고되었다. 윤원형 일파는 이 사건이 윤임파에서 의도적으로 붙인 벽보라고 주장하며 윤임(인종의 외삼촌)과 그의 잔당 세력을 소탕하였다. 윤임, 임형수 외에도 애매한 이유로 많은 인물들, 예를 들면 임형수, 송인수, 이언적, 노수신, 유희춘, 백인걸 등 20여 명을 유배에 처했다. 그다지 대단하지도 않은 일을 소윤 일파가 정치적으로 이용하려고 확대한 사건이었다. 벽보도 윤원형 일파가 일부러 붙인 음모였다는 설이 세상에 널리 퍼졌었다.

미나리 한 포기를 캐어서 씻습니다

연대 아니나 우리 님께 바칩니다

맛이야 긴치 않으나 다시 씹어 보소서

※ **해설** : 미나리 한 포기를 캐어서 씻습니다. 다른 데가 아니고 우리 님께 보냅니다. 맛이야 별로지마는 다시 씹어 보시옵소서(그리고 나의 정성도 생각해 주옵소서).

유희춘은 조선 중기의 문인으로 호는 미암(眉巖)이다. 앞의 하서 김인후와는 사돈 간이며 김안국의 문인이다. 25세에 문과에 급제, 수찬·정언 등을 지냈으나 을사사화 때 파직당했다. 이후 양재역 벽서사건으로 제주도와 함경도에서 19년 유배를 살았다. 선조가 임금이 되자 풀려나서 대사성 이조참판 등을 지냈다. 저서로는 ≪미암일기≫ ≪미암집≫ 등이 있다.

들은 말 즉시 잊고 본 일도 못 본 듯이

내 인사 이러함에 남의 시비 모르노라

다만 지 손이 성하니 잔잡기만 하노라

※ **해설** : 남에게 들은 말도 바로 잊어버리고 조금 전에 본 것도 못 본 것처럼 시침을 떼야 하나. 내가 사람을 이렇게 대하는데 다른 사람의 잘·잘못을 가려서 무엇하겠는가. 다만 손이 성해서 술잔 잡는 데는 아무 문제가 없으니 술이나 마시며 세월을 보내야겠구나.

위의 노래를 지은이는 조선 중기의 학자 이암(頤庵) 송인이다. 왕의 서녀와 결혼하여 여성위가 되었다. 사문에 능하였으며 퇴계, 율곡, 남명 등 당대의 석학들과 교유하였다. 저서로는 ≪이암유교≫가 있다.

위의 시조는 사화가 그칠 날이 없고 모리배들이 사회 구석구석을 설치고 다니던 시절, 말 한마디 잘못하거나 작은 실수 한 가지만 저질러도 과장, 날조되어 목이 달아나거나 신세를 망치는 어두운 세상이었다. 이런 시국에서는 그저 듣고도 못 들은 척, 보고도 못 본 척, 바보행세를 해야만 살아남을 수 있었다. 위의 시조는 이런 시대적 배경에서 살아남는 처세술을 일러준 것이다.

　　태평천지간에 단표를 둘러메고
　　두 소매 늘이혀고 우즐우즐 하는 것은
　　인세에 걸릴 일 없으니 그를 좋아하노라

※ 해설 : 태평성대에 도시락과 물 떠 마실 작은 바가지(단표) 하나 어깨에 둘러 메고 두 소매를 늘어뜨려 우즐우즐 흥겹게 걸어가는 것은 인간 세상에 걸릴 일이라고는 없으니 그것이 좋아서 그러네 −.

위의 시조를 지은이는 조선 중기의 문신으로 송천(松川) 양응정이다. 문과에 급제하여 공조좌랑이 되었다. 그러나 윤원형의 미움을 받아 파직을 당했다. 그 후 다시 복직하여 진주 목사와 경주 부윤을 지냈다. 시문에 능하여 선조 때 8대 문장의 한 사람으로 뽑혔다. 저서로는 ≪송천집≫이 있다.

위의 시조는 태평성대에 쓴 시조라기보다는 태평성대를 꿈꾸며 썼다는 말이 더 맞을 게다. 송천 자신도 벼슬을 살면서 권신 윤형원의 미움을 받아 파직되지 않았는가. 윤형원이 극성을 부리던 시국은 태평성대가 아니요, 중세 암흑기라고 해야 할 시국이 더 맞는 말인 것 같다.

(2020. 4.)

님이 헤오시매

님이 헤오시매 나는 전혀 믿었더니
날 사랑하던 정을 뉘손대 옮기신고
처음에 믜시던 것이면 이대도록 설으랴

※ **해설** : 님께서 나를 생각해준다기에 나는 그 말을 진심으로 믿었는데 이제 와서 날 사랑하던 정을 누구한테 옮겼는고? 차라리 처음부터 나를 미워했더라면 이대도록 섧지는 않았을 텐데.

조선의 거유(巨儒) 송자(宋子)로 불리는 송시열의 작품이다. 호는 우암(尤庵), 효종 임금의 스승으로 숙종 15년에 원자 책봉을 반대하다가 제주도로 귀양 갔다. 숙종 15년 6월 재심을 받기 위해 서울로 압송되어 오다가 정읍에서 사사되었는데 향년 83세였다.

위의 우암이 지은 시조를 읽으면 요새 노래가 하나 생각난다. 윤항기가 노랫말을 써서 멜로디를 달고 김수희라는 가수가 부른 노래 〈너무합니다〉가 생각난다. 노랫말은 이렇다.

마지막 한 마디 그 말은/ 나를 사랑한다고

돌아올 당신은 아니지만/ 진실을 말해줘요

떠날 땐 말없이 떠나가세요/. 날 울리지 말아요

너무 합니다/ 너무 합니다/ 당신은 너무 합니다.

위의 노랫말은 남녀 간의 애정을 노래한 것이지만 우암의 "님이 헤오시매…"는 남녀의 애정이라기보다는 정치적 사랑, 그러니까 임금의 사랑을 받다가 그 사랑이 식어가는 데 대한 통분을 적어 놓은 것 같다.

우암에 관해서는 다음과 같은 일화가 전해온다. 우암은 몸집이 크고 입고 다니는 모습에 별 신경을 안 써서 언뜻 보면 촌로(邨老)로 보였다 한다. 그가 회덕에 살 때 이조판서에 제수되어 서울로 가는 도중 어느 주막에서 점심을 먹고 있을 때였다. 그때 마침 어느 젊은이가 충청도 수사(水使) 벼슬에 임명되어 충청도로 내려오는 길에 우암과 같은 주막에 들르게 되었다. 수사는 우암이 점심을 먹는 방으로 들어갔다. 젊은 수사는 "저기 저 늙은이는 충청 수사가 와도 인사가 없네…" 하고 시비를 걸었다. 젊은 놈이 수사자리에 올랐으니 이 세상에 자기가 제일 잘난 인물로 생각했던 모양이다. 이 말을 들은 우암은 잠시 고개를 들어 끔뻑 눈인사를 하고는 먹던 점심을 계속하는 게 아닌가. 이때 수사의 말몰이꾼이 밖에 있다가 지금 저 방안에 점심을 하려고 있는 늙은이가 우암 송시열로 이조판서에 임명되어 서울로 가는 길이라는 사실을 알았다. 이조판서면 수사의 직속상관이 된다. 말몰이꾼은 이 사실을 방에서 점심을 기다리는 수사에게 귓속말로 알려주었다. 그러나 이 젊은 수사는 태연히 우암을 보고 물었다. "늙은이는 어디 사는 누구인고?" "회덕 사는 송 생원이라"" "회덕에 살면 우암 선생을 알 텐데 우암과는 촌수는 어떠한고?" "내가 바로 우암이며 지금 바로 상경하는 길이로다."

"예끼, 이 늙은이, 내 비록 무인이나 어릴 적부터 우암 선생 문하에 출입하며 가르침을 받은 사람이거늘, 내 앞에서 대학자 우암 선생 행세를 하다니…. 내가 손을 좀 봐야겠으나 오늘은 가야 할 길이 멀어 빨리 일어서야겠네." 하고는 이졸을 불러 "점심은 다음 주막으로 미뤄야겠네." 하며 말을 타고 횡하고 떠나버렸다. 우암은 그 기지와 배짱에 감탄하며 그가 떠나는 길을 지켜보고만 있었다. 나중에 우암의 추천으로 그 젊은 수사는 통제사의 자리에 올랐다 한다.

우암이 어떤 사람인가를 몇 장에 요약하기에는 그는 너무 큰 인물이다. 노론하면 떠오르는 인물이 우암이고 주자학 하면 떠오르는 인물이 우암이 아닌가. 설명해 보자.

인조반정을 계기로 정권을 장악한 서인은 반정에 주도적으로 참여한 공신 세력과 이를 관망하던 세력으로 분리되었다. 효종, 현종 때는 우암을 중심으로 서인들이 규합되었으나, 숙종 때 이르러 다시 노론과 소론으로 갈라지게 되었다. 분당의 계기는 경신환국 때 남인 탄압에 대한 입장 차이 때문이었다. 서인 노장파인 김익훈 등은 남인에 대한 강경한 탄압을, 서인의 소장파는 남인에 대한 온건한 탄압을 주장하였다. 결국 서인 노장파 우암 송시열을 중심으로 한 노론과 서인 소장파 한태동을 중심으로 한 소론으로 갈라졌다. 노론의 대표적 인물은 송시열, 김만기, 김만중, 김석주, 김수항 등이 있고 소론의 대표적 인물은 남구만, 박세채, 박태보, 윤증, 한태동 등이 있다.

내 정령(精靈) 술에 섞어 님의 속에 흘러들어

구곡간장을 다 찾아다닐망정

날 잊고 님 향한 마음을 다 쓸어버리려 하노라

※ **해설** : 내 정신과 혼이 술에 섞여 님의 뱃속으로 들어가서 구곡간장이고 어디고 모두 돌아다니면서 님의 마음에 다른 님을 향한 마음이 조금 남아 있으면 모두 깨끗이 쓸어버리겠다.

위의 시조를 지은이는 조선 후기의 가객 정3품 절충장군을 지낸 김삼현이다. 벼슬에서 물러난 뒤로는 음풍농월(吟風弄月), 시 짓고 노래하는 것으로 세월을 보냈다. 시조 6수가 전하는데 모두 명랑하고 낙천적이다.

하늘이 높다하고 발 저겨 서지 말며

땅이 두텁다고 마구 밟지 말을 것이

하늘 땅 높고 두터워도 내 조심하리라

※ **해설** : 하늘이 높다고 해서 발꿈치를 돋우고 서지 말며 땅이 두텁다고 마구 밟지는 말 것이다. 하늘 땅 높고 두터워도 나는 조심조심하며 살아갈 것이다.

위의 시조는 앞에 소개하였던 "내 정령 술에 섞어…"의 작자 김삼현의 장인이 되는 주의식이 지은 노래다. 항상 조심조심하며 걷는 데도 함부로 하지 말고 땅을 디디는 데도 조심해서 디뎌야 한다는 교훈적인 시조다.

말하면 잡류라 하고 말 안하면 어리다 하네

빈한을 남이 웃고 부귀를 시기하는데

아마도 이 하늘 아래 살 일이 어려워라

※ **해설** : 말을 하면 잡것이라고 깔보고 말하지 않고 입을 다물고 있으면 어리석다 하네. 가난하면 못났다고 비웃고 부귀하면 사람들이 시기한다. 아, 이 하늘 아래서 살아가는 일이 무척이나 어렵구나.

위의 시조도 앞서 소개한 김삼현의 장인 주의식의 작품이다. 내 생각으로 요사이 들어 세상이 부쩍 험해져 간다고 생각한다. 그러나 위의 시조를 보면 시조가 탄생할 때도 말을 해도 탈, 입을 다물고 있어도 탈, 가난해도 탈, 부자라도 탈ㅡ. 한마디로 세상살이가 어려운 것은 예나 지금이나 마찬가지였던 것 같다.

(2020. 3.)

북천(北天)이 맑다거늘

북천(北天)이 맑다거늘 우장 없이 길을 나니
산에는 눈이 오고 들에는 찬비로다
오늘은 찬비 맞았으니 얼어 잘까 하노라

※ **해설** : 북쪽 하늘이 맑다고 하기에 우장도 없이 길을 나서니 산에는 눈이 내리
고 들에는 찬비가 오네. 오늘은 찬비(寒雨)를 맞았으니 얼어 잘 수밖에 없겠
구나.

위의 시조는 천하의 풍류객(風流客)이요 문사 백호(白湖) 임제가 기
녀 한우(寒雨)와 술자리에 앉아 술을 마시다가 한우를 가슴에 품고 싶은
욕심이 생겨 그에게 구애를 보낸 노래로 알려져 있다. "오늘은 찬비 맞
았으니"의 찬비(寒雨)라는 말은 기녀 이름 한우=찬비라는 한자 이름과
딱 맞아 떨어지니 탁월한 비유이자 문학성이 높은 시조라 아니 할 수
없다.

'밥풀 하나 가지고 잉어 낚는다.'라는 말은 바로 이를 두고 한 말. 천
하 풍류객 임백호가 드린 낚시에 조선의 명기 한우가 걸려들다니ㅡ. 부
럽기 한이 없다. 임백호의 구애를 받고 보낸 기생 한우의 사랑이 펄펄

끓어오르는 듯한 화답(和答)을 보자.

> 어이 얼어 자리 무슨 일로 얼어 자리
> 원앙침 비취금은 어디 두고 얼어 자리
> 오늘은 찬비 맞았으니 녹아 잘까 하노라

※ **해설** : 얼어서 자다니요. 도대체 무슨 일로 얼어 자려 하십니까. 원앙새 수놓은 베개와 비취금의 아름다운 이불은 어디다 두고 얼어 자겠다는 말입니까. 오늘은 찬비 맞으셨으니 꽁꽁 언 몸을 녹여 드리겠습니다. 평안히 주무시고 가소서.

"북천이 맑다거늘…"의 작가 임제는 조선 명종—선조 때의 시인 묵객으로 본관은 나주, 호는 백호(白湖)이다. 대곡(大谷) 성운의 문인으로 선조 때에 예조정랑까지 올랐으나 당시 정권이 동인 서인으로 갈려 당파 싸움에만 열심인 것에 실망과 염증을 느껴 벼슬을 버리고 전국 명산 대천을 찾아다니며 술과 시로 시국을 개탄한 고고한 지사였다. 오늘날에 임백호 같은 지사가 하나라도 있을까?

나 같은 무재(無才)야 "오늘은 찬비(寒雨) 맞았으니…" 하는 기녀 이름과 한자로 표현한 이름이 맞아떨어지게 할 글재주가 없는 사람이니 "오늘은 찬비 맞았으니 녹여 잘까 하노라" 같은 화답을 바라기는 무리가 아닐까.

요새 같은 세상에 강남 어느 룸살롱(room salon)에 가서 어느 호스티스에게 임백호가 한우에게 보낸 노래 "북천이 맑다거늘…"을 보냈다

하자. 알아들을 호스티스도 없을 뿐 아니라 한우 수준의 화답(和答) 대
신 철썩 귀싸대기 한 대가 올라오지 않을까. 세상은 점점 멋을 잃어가고
있는 것 같다.

(2020. 4.)

백일(白日)은 서산(西山)에 들고

백일(白日)은 서산(西山)에 들고

황하는 동해로 들고

고금 영웅은 북망으로 드단 말가

두어라 물유성쇠(物有盛衰)니 설을 줄이 있으랴

※ 해설: 백일은 태양을, 북망은 중국 낙양 북망산에 있는 공동묘지를 가리킨다. 물유성쇠란 이 세상 모든 사물은 흥할 때가 있으면 망할 때가 있다는 말. 해는 서산으로 넘어가고 황하의 물은 동쪽 바다로 흘러 들어가네. 옛날과 지금의 영웅호걸들은 죽어서 모두 북망산에 묻히는구나. 이 세상 만물은 흥했다 망하는 것이 자연의 이치. 슬퍼한들 무슨 소용이 있단 말인가.

이 노래를 지은이는 고려 전기의 문신 성재(惺齋) 최충으로 문종 때 문하시중 벼슬에 올랐다. 고려의 제 11대 임금 문종은 조선의 세종대왕이나 정조에 비견할만한 영특한 임금이었으며 그의 치하 37년은 고려의 전성기로 불릴 수 있을 만큼 태평성대였다. 어진 임금 치하에서 성재는 서북도민들의 어려운 생활을 임금께 고하고 그들의 부역을 없애주는 등 많은 공적을 이루었다. 나이 70이 되자 홀연 모든 벼슬에서 물러나

자 사방에서 글을 배우고 싶어 하는 젊은이들이 구름같이 모여들었다 한다. 그러니 성재는 우리나라 사학(私學)의 시조라 할 수 있다. 그의 사숙인 구재학당을 거쳐 간 제자들은 후일 나라의 동량이 되어 많은 일을 이루어냈다. 이렇듯 성재같이 공부를 많이 하고 오래 산 (85세에 죽음) 사람도 대자연의 섭리 앞에서는 경외감과 존경 말고 다른 무슨 감화를 가질 수 있겠는가.

> 춘산에 눈 녹인 바람 건듯 불고 간데없다.
> 적은 덧 빌어다가 머리 위에 불리과저.
> 귀밑에 해묵은 서리를 녹여볼까 하노라.

※ **해설** : 봄산에 눈을 녹인 따뜻한 바람은 잠시 불다가 어디론지 가버렸네. 잠시 만 그 바람을 내가 빌려다가 백발이 된 내 머리 위에 불게 했으면 귀 밑에 해가 묵은 흰 머리털도 녹여 볼 수 있을 것을-.

시로 감상을 내건 해설집들 대부분이 맨 처음으로 소개하는 위 시조는 고려 말의 학자 우탁이 지은 시조다. 우탁은 문과에 급제하고 영해 사목 이 되어 민심을 현혹한 요신의 사당을 헐어버렸다. 충선왕이 그의 아버 지의 후궁과 밀통하는 것을 보고 이를 극간한 뒤 벼슬을 집어던져 버리 고 안동 예안 부포동 역동에 은거하며 학문에 정진하였다. 충숙왕이 그 충의를 가상히 여기고 누차 불렀으나 벼슬에는 나가지 않았다고 한다. 당시 원나라를 통해 들어온 정주학을 해득, 이를 후진들에게 가르쳤다. 호는 백운(白雲)이나 세상 사람들은 주역을 동쪽(우리나라)에 가져왔다고 해서 역동선생(易東先生)이라 불렀다. 공교롭게도 역동은 바로 이 책의 저자 이동렬이 태어나서 자란 집 이름이자 동네 이름이다. 나 같이 별 자랑꺼리가 없는 사람이야 역동선생이 살던 곳에서 태어난 것도 자랑꺼리가 되지 않을까. 내가 살던 집 역동 옛터에는 퇴계가 역동 우탁을 숭모해서 사액서원 역동서원을 건립했던 유허지다. 퇴계는 일주일에 한 번씩 역동서원에 와서 선비들을 모아놓고 심경 강의를 했다 한다. 역동서원은 대원군 서원 철폐령에 걸려 헐리고 그 터에 우리집을 지었다.

> 한 손에 막대 잡고 또 한 손에 가시 쥐고
> 늙는 길 가시로 막고 오는 백발 치렸더니
> 백발이 제 먼저 알고 지름길로 오더라

※ **해설** : 한 손에는 막대를, 또 한 손에는 가시가 돋힌 나뭇가지를 잡고 늙어가는 것은 막대로 막고 늘어만 가는 흰 머리털은 가시 돋힌 막대로 쳐서 늙음을 오래 못 오게 하려 했더니 오는 백발이 이미 눈치를 채고 지름길로 오니 이 몸은 늙어가기만 하는구나.

시조는 정확히 언제부터 시작하였는지에 대해서는 정확한 학설은 없으나 고려 말기부터라는 설이 가장 유력하다. 그러나 여기서 보면 알수 있듯이 고려 중기에 벌써 최충의 시조가 나와 있었음을 알 수 있다. 그러니 최충과 역동 선생을 합하여 이 두 사람의 시조가 우리 옛시조의 시작으로 보는 것이 무난할 것 같다.

이화에 월백하고 은한은 삼경(三更)인제

일지춘심(一枝春心)을 자규야 알까마는

다정도 병인 양하여 잠 못 들어 하노라

※ **해설** : 배꽃이 하얗게 피어난 가지에 밝은 달이 피어 밤은 깊었구나. 이 배나무 가지에 걸려있는 봄 마음을 소쩍새 네가 어찌 알까마는 정(情)이 많음도 무슨 병인가 잠이 오질 않는구나.

나는 이 시조를 고려 조선기에 나온 서정시조의 최고 걸작이라고 생각한다. 봄밤에 배꽃은 피고 달은 밝아 밤은 깊어 가는데 이 생각 저 생각 잠 못 이루는 고뇌의 밤을 노래한 서정시다.

지은이는 고려 원종, 충렬왕 때 문신 매운당(梅雲堂) 이조년이다. 이런 시조를 쓴 매운당 같은 사람은 성질이 매우 곧고 깨끗한 사람이라는 것을 알 수 있다. 충렬왕 후계자들의 세력 다툼에 말려들어 유배를 당해 13년 동안 고향에서 은거 생활을 했다. 충혜왕이 음탕한 짓을 하기 여러 번 간언했으나 듣지 않자 사직해버렸다.

구름이 무심탄 말이 아마도 허랑하다

중천에 떠 있어 임의(任意)로 다니면서

구태여 광명한 날빛을 덮어 무엇 하리오.

※ **해설** : 구름이 아무 생각이 없다는 말이 아무리 들어도 허무맹랑한 말이라 믿기가 어렵다. 하늘 복판에 떠있어 자기가 가고 싶은 데로 가면서 하필이면 밝은 햇빛을 덮어 어둡게 하니 그 뜻이 무엇인지 모르겠구나.

지은이는 석탄(石灘) 이존오. 신돈이 임금 밑에서 사악한 일을 저지르는 것을 비꼰 말이다. 고려 말기의 문신 석탄은 정몽주와 교분이 두터웠다. 신돈의 횡포를 탄핵했다는 것은 무슨 말인가? 조선의 개혁 군주 정조의 등장으로 기울어져가는 조선 왕조의 불씨를 살리려고 했던 것처럼, 고려도 공민왕이 개혁의 불씨를 망해가는 고려를 되살리려 했다. 공민왕은 강력한 의지로 개혁 정책을 펼쳐 나가지만 기득권 반대로 실패하고 말았다. 이때 신돈이 역사의 무대 위로 등장한다. 신돈은 경상도 창녕에 있는 옥천사 여종의 아들로 태어나서 승려가 되었는데 출신이 천하다는 이유로 많은 따돌림을 당했다고 한다. 김명원이란 사람의 추천으로 공민왕의 측근이 되었다.

　공민왕의 신임을 얻고 측근이 된 신돈은 "빼앗은 토지와 노비를 서울에서는 15일 이내, 지방에서는 40일 이내에 돌려주어야 한다는 강력한 법규를 선포"하여 서민층의 영웅, 떠오르는 별이 되었다. 그는 성인(聖人)이란 말도 들었다. 사람은 배가 부르고 권세가 높아지면 교만해지는 법. 위협을 느낀 공민왕은 그가 임금이 된 지 20년에 신돈을 사형에 처해버리고 말았다. 신돈이 죽고 나서 공민왕의 개혁정치는 사실상 끝이 난 것이다. 신돈이 죽고 20년 세월이 흐르고 난 후 474년의 고려 역사는 목동의 피리소리에 실려 가고 말았다. 신돈의 소행으로 알려진 여러 가지 음흉하고 못된 짓은 왕조 전복을 꾀하려던 신흥사대부들의 창조 내지 과장으로 보는 것이 더 좋을 것이다.

(2020. 2.)

세월이 여류(如流)하니

세월이 여류(如流)하니 백발이 절로 난다

뽑고 또 뽑아 젊고자 하는 뜻은

북당에 재친(在親)하시니 그를 두려워함이라

※ **해설** : 세월이 흐르는 물과 같이 덧없이 흘러가니 내 머리에도 흰 머리칼이 절로 나는구나. 그 흰 머리칼을 뽑고 또 뽑아서 젊게 보이고자 하는 것은 아직 어머님이 살아계시기 때문에 이를 두려워하기 때문이다.

북당이란 어머니가 계시는 방을 말하는 것이고 재친(在親)이란 어머님이 살아 계신다는 말이다. 지은이 김진태는 조선 숙종—영조 때의 가객으로 신분은 서리였다. 김수장 등의 가객과 직접적인 교유관계는 없었으나 김수장이 ≪청구가요≫에 그의 작품 26수를 신고 그의 작품을 칭송하는 발문도 남겼다.

김진태의 시조를 읽으면 ≪논어≫인가 어디에서 읽은 백유(伯兪)의 일화가 생각난다. 옛날 중국에 백유라는 사람이 어렸을 때 잘못을 저질러 그의 어머니가 종아리를 때렸더니 백유가 울었다. 어머니가 "전에는 울지 않더니 오늘은 왜 우느냐?"고 물었더니 백유의 대답이 "전에는 어머니가 종아리를 때리면 아프더니 오늘은 때려도 아프지 않습니다. 어머님의 근력이 너무 약해진 것 같아 걱정이 되어 웁니다."라고 대답하였다 한다.

옛날에는 아팠지만 지금은 아프지 않은 것은 어머니의 근력이 약해진 이유도 있겠지만 백유가 더 자라서 어머니 매질로는 백유의 종아리를 간질이는 정도밖에 되질 않아 그렇다고 볼 수도 있을 게다. 아직 어머님이 살아계셔서 나도 흰 머리털을 자꾸 뽑아 젊게 보여야 한다는 김진태나 옛날에는 아프더니 오늘은 아프지 않은 것은 어머니의 근력이 약해져서 그렇다는 백유 간에는 어쩜 그렇게도 비슷할 수가 있을까.

　　마을 사람들아 옳은 일 하자스라
　　사람이 태어나서 옳곧지 못하면
　　마소를 갓고깔 씌워 밥먹이나 다르랴

송강(松江) 정철이 백성을 훈계하기 위해 지은 훈민가(訓民歌) 중의 한 수이다. 사람으로 태어나서 옳은 일 못 한다면 그것은 말이나 소에게 고깔을 씌워 밥 먹이는 것과 다를 게 없다는 것이다. 사람다운 사람이 되자는 훈계는 학교는 물론, 교회나 성당, 절 등 어디에서나 귀가 따갑도록 자주 듣는 말이다. 그러나 인류 역사를 통해서 수억만 번 되풀이해서 들어도 사람다운 사람이 되기가 어디 그리 쉬운가. 학교에서는 선생이, 교회에서는 목사가, 성당에서는 신부가, 절에서는 스님이, 학교에서는 교사가 어린 학생들과 부녀자들의 정조를 남몰래 유린했다는 신문

보도가 끝없이 이어지고 있는 세상이다. 사실, 이런 시조를 쓴 송강 자신도 임금의 특명을 받아 정여립의 모반사건을 조사할 때 수천 명의 선비를 대량으로, 학살이란 말을 들을 성도로 근거도 없이 죽여버렸다. 이게 어디 옳은 일인가? 그러니 사람은 어디까지나 그가 말을 어떻게 하느냐보다도 행동을 어떻게 하느냐를 보고 판단해야 할 것이다. 내 생각에 이런 훈민가는 우리 생활에 과연 어떤 영향을 주는지 의심스러울 때가 많다.

어버이 살아실제 섬길 일은 다 하여라
지나간 후면 애닯다 어이하리
평생에 고쳐 못할 일이 이뿐인가 하노라

위의 시조는 송강 정철의 효도를 권하는 훈민가이다. 자식된 사람들은 누구나 겪었겠지마는 효도란 부모가 살아계실 때 해야지 돌아가시고 난 후에는 땅을 치고 원통해 해도 아무 소용이 없는 것이다. 이 "부모에 효도해라"는 효의 정신은 조선 때는 유교의 영향을 받아서 더욱 더 단단하게 되었다. 이 정송강의 시조는 내가 고등학교 2학년 때 내가 쓴 글씨가 족자로 만들어져 우리 교실 앞 바로 오른쪽 벽에 걸려있던 생각이 난다.

이화여대 교수 최준석이 쓴 책에 보면 다음과 같은 이야기가 나온다. 조금 오래 된(1997) 이야기지마는 국내 어느 명문 사립대학교에서 새로 총장이 된 사람이 "우리 사회를 바로 잡을 수 있는 가장 효과적인 방법은 효(孝) 사상을 강조하는 것이다."를 주장하며 그 대학 교양과정에

≪명심보감≫을 필수과목으로 넣었더니 그 대학으로 100억 넘는 돈이 사회각지에서 기부금으로 들어오더라는 얘기다. 그 다음에 효(孝)연구소인가 효도대학을 차린다고 했더니 어느 영화배우가 당시 50억 원에 달하는 자기 땅을 기증하였다고 한다. 그런데 한 가지 재미있는 것은 효를 강조하는 것은 기성세대이지 젊은 세대가 아니라는 사실이다.

젊은이들에게 자꾸만 부모에 효도해야 한다고 하면 젊은 세대에 무슨 문제가 있다는 말은 아닌가? 이렇게 젊은 세대에 효를 하라고 강요하는 것은 잘못하면 엎드려 절 받는 식의 강요가 될 수 있다. 생각해볼 일이다.

내가 살고 있는 캐나다에서는 학교에서 효도하라고 효도, 효도 떠들지 않는다. 그러나 효도를 강조하는 한국에 비해 효도하지 않는 망나니도 적고, 효자로 이름난 사람도 적다. 좌우간 그처럼 효도를 강조하는 한국 사회도 내가 살고 있는 캐나다를 닮아가고 있다는 것이 흥미롭다.

> 마음아 너는 어이 마냥 젊었느냐
>
> 내 늙을 적이면 넨들 아니 늙을소냐
>
> 아마도 너 쫓아다니다가 남 웃길까 하노라

※ **해설** : 육신은 60, 70, 80, 90 늙어 가도 마음은 어렸을 때나 젊었을 때 그대로일 때가 많다. 그렇기 때문에 늙어 가는 육신이 한스럽고 이유 없이 세상을 원망하는 경우가 많다. 이 이유 때문에 입에 침을 질질 흘리면서도 자기 육신은 생각지 않고, 뭘 해보겠다고 노리는 사람들을 보면 안타까운 생각을 금치 못하겠다.

위의 시조를 지은 사람은 조선 중기의 도학자 화담(花潭) 서경덕이다. 화담은 벼슬에 뜻을 두지 않고 평생을 학문 연구와 자기 수양으로 보냈다. 남명(南冥) 조식, 대곡(大谷) 성운 등과 지리산, 속리산을 유람하고 교유하기도 했다. 성리학, 수학, 도학, 역학 등을 연구하였으며 황진이, 박연폭포와 함께 송도삼절(松都三絶)로 불리었다. 저서로는 ≪화담집≫이 있다.

명기 황진이의 유혹을 뿌리친 것으로 유명한 일화가 전해온다. 그러나 나의 해석은 이와 다르다는 이야기는 먼저 했다. 즉 화담이 미쓰 황의 유혹을 뿌리쳤다는 것이 아니라 화담의 노쇠 현상에서 온 실력 부족으로 본다. 파도처럼 밀려오는 황진이의 젊음을 낡은 가죽 침(針) 하나로 대항하여 젖 먹던 힘을 다해도 안 되는 꼴을 본 황진이가 화담이 너무 가엾다는 생각이 들어 먼저 우리 이제 그만 "스승—제자로 하자"는 말이 나온 것으로 본단 말이다.

효도라는 말이 난 김에 효도에 관한 내 생각을 몇 자 적어보자. 한국에서나 교포사회에서 효도에 관한 강조가 예상보다 크기 때문에 효도를 장려하기 위해 효도상이니 효부상이니 하는 상이 유행이다. 그런데 그 효자상을 받은 사람들을 자세히 살펴보면 효도상이란 "팔자가 기막히게 서러운 사람들"에게 주어지는 상이니 '효도상 = 공식적으로 팔자가 험한 사람'이란 말이다. 예로, 효도상을 받자면 어머니나 아버지 두 분 중에 대소변도 가리지 못하고 걷지도 못하여 병원에 갈 때는 등에 업고 산 넘고 물 건너 10리 길을 걸어서 버스를 겨우 타고 가야 하는 힘든 일을 해야 효상을 수상할 자격이 있는 사람들이 아닌가. 먹고 사는 데 별 어려움을 겪지 않는 사람들 중에는 늙으신 부모님을 지극 정성으로 모시는 효자 효녀들도 많은데 이들에게 효도상이 안겨질 가망은 전혀 없다. 그래서 나는 효도상을 준다 하면 "저런 상은 주지 않았으면 좋을 텐데…"라는 생각을 하곤 한다.

(2020. 2.)

송광사 올라보니

송광사 올라보니 법당도 좋거니와
삼일천 솟는 물은 사시무궁 청렬하다
아마도 호남 대찰은 예뿐인가 하노라

※ 해설 : 전라남도 순천에 있는 큰절 송광사를 가보니 법당도 훌륭하고 삼일천
물맛도 사시 어느 때나 깨끗하고 청결하도다. 아마도 호남의 큰 절은 바로
이 절인 것 같다.

지은이는 조선 후기의 문신이요 시조작가인 이세보이다. 이세보는
본관이 전주로 풍계군의 후사가 되어 경평군이라는 작호를 받았다.
1860년 외척 세도가의 미움을 받아 강진 신지도에 유배를 갔다가 조대
비와 흥선대원군의 배려로 풀려났다. 이세보는 안동김씨 일파의 세도정
치로 혼미했던 철종 시대에 종친으로서 흥선대원군 이하응과 함께 가장
뚜렷한 인물이었다. 여주 목사와 개성 유수로 있을 때는 선정을 베풀어
백성들의 어려움을 살펴주는 착한 목민관이었다. 저서로는 ≪풍아≫,
≪시가≫ 등의 시조집이 있고 458수의 시조를 남겼다.
이세보가 외척 세도가의 미움을 받아 유배 갔다는 말은 무슨 말인가?

세도정치란 소수의 가문이 권세를 독차지하면서 정치, 경제, 사회를 좌지우지하는 것을 말한다. 조선의 대표적인 세도 가문은 안동 김씨와 풍양 조씨, 그리고 반남 박씨이다. 안동 김씨의 대표적 인물로는 순조의 장인 김조순, 풍양 조씨의 대표 인물로는 헌종의 외할아버지였던 조만영, 반남 박씨의 대표적 인물로는 박종경을 들 수 있다.

반남은 오늘날 전남 나주를 가리키는 말. 정조의 아들 순조가 왕위에 오르면서 외할아버지인 박준원이 자연스럽게 많은 사람의 주목을 받게 되었다. 박준원은 정치에 깊숙이 관여하는 것을 극히 조심스러워했다. 그러나 그의 아들 박종경은 달랐다. 조선 시대에 반남 박씨에서 문과 급제자만 모두 215명이었다 한다. (문과 시험은 3년에 한 번 시행되고 선발 인원도 33명밖에 되지 않는다는 것을 고려하면 215명은 대단한 실적이라고 할 수 있다.) 평안도에서 홍경래가 난을 일으켰을 때 세도 정치를 지적하면서 지목했던 사람이 김조순과 박종경 두 사람이었다는 것도 흥미로운 사실이다.

꽃 없는 호접 없고 호접 없는 꽃이 없다
호접의 청춘이요 청춘의 호접이다
아마도 무궁춘정은 탐화봉접이 아닌가

※ **해설** : 꽃에는 반드시 나비가 오고 나비 없는 꽃은 없도다. 나비는 곧 청춘이다. 아마도 끝없는 봄꿈은 꽃을 찾아가는 나비와 벌이라고 할까. 그러니 남자에 있어서 가장 큰 기쁨은 사랑하는 여자가 그리워 찾아갈 때가 아니겠는가. 지은이는 이세보이다.

이세보가 당시 세도가의 미움을 받아 신지도에 유배를 갔다가 흥선대원군 이하응과 조대비의 도움으로 풀려났다는 얘기는 했다.

철종이 후사도 없이 죽자 후계자 지명권은 왕실의 웃어른에 있었다. 당시 웃어른은 헌종의 어머니자 익종(효명세자)의 부인인 조씨(조대비)였다. 당시 풍양 조씨인 조대비는 안동 김씨 세도에 눌려 지내고 있었다. 이때 흥선군 이하응(영조의 증손인 남연군의 4째 아들)은 조대비에게 은밀히 줄을 댔다. 자신의 12살 난 아들 명복(고종)을 철종의 후사로 세우고 조대비가 수렴청정하는 계획을 은밀히 세웠다. 철종이 왕위에 있는 동안 안동김씨는 왕실과 종친에 온갖 위협을 가했다. 조금이라도 똑똑해 보이는 종친은 역모자로 몰려 숙청당하기가 일쑤였다. 흥선군은 자기를 보전하기 위해 시정의 무뢰한들과 어울려 파락호(재산이나 세력이 있는 집안의 자손으로 재산을 몽땅 털어먹는 망나니) 생활을 했다. 이런 행동으로 안동김씨의 감시 대상에서 벗어난 이하응은 조대비에 은밀히 연줄을 대어 아들을 임금으로 올렸다. 이에 따라 흥선군은 흥선대원군이 되었다. 대원군이란 임금의 아버지에게 붙이는 호칭인데 흥선대원군은 살아있으면서 대원군의 칭호를 받은 유일한 사람이다.

얘기가 나온 김에 철종에 대해서도 몇 마디 붙여야겠다. 철종은 사도세자의 증손자이자 정조의 이복동생 은언군의 손자다. 사도세자가 죽고 정조가 세손이 되자 사도세자를 죽음으로 몰아내었던 세력들은 정조가 왕위에 오르면 자기들의 위치가 불안할 것이 염려되어 새 왕을 추대하려는 음모를 꾸몄다. 이 일이 발각되자 정조의 이복동생 은전군은 자결하고 은언군과 은신군은 제주도에 유배되어 은신군은 병사하고 은언군은 강화도로 옮겼다. 은언군에게는 아들 셋이 있었는데 셋째아들 원범이 (어느 날 갑자기) 양자로 입적되어 왕통을 이으라는 교지가 내려와서 임금 자리에 앉게 되니 이 청년이 곧 철종이다. 원범은 강화도에서 나고 일자무식의 농부였기 때문에 사람들은 비꼬아서 '강화도령'이라고 불렀다.

19살에 느닷없이 왕이 되는 바람에 처음에는 순원황후(순조의 비)가 수렴청정을 했다. 한편 안동김씨 세력은 자신들이 뜻대로 움직일 수 있는 임금을 올려놓고 풍양 조씨에 일시적으로 넘어갔던 권력을 되찾으려 했다. 철종은 임금이 되어 점차 학문을 가까이하면서 정치적 역량을 기르는 것을 우려해 안동 김씨 세력은 후궁과 궁녀를 계속 들여보냈다고 한다. 술과 여자에 빠진 철종은 재위 14년, 33세를 일기로 이 세상을 하직하는 눈을 감았다.

(2020. 4.)

십년을 경영하여

십년을 경영하여 초려 삼간 지어내니
나 한 간 달 한 간에 청풍(淸風) 한 간 맡겨두고
강산은 들일 데 없으니 둘러 두고 보리라

※ **해설** : 십년을 벼르고 별러 초려 삼간 장만하니 한 칸은 내가, 또 한 칸은 달이,
나머지 한 칸은 맑은 바람이 차지하게 되었네. 이 좋은 강산은 둘 데가 없으
니 우선 초가집 주위로 그냥 놔두는 수밖에 없구나.

그야말로 청빈(淸貧) 낙도(樂道)의 삶을 눈으로 보는 것 같은 기분이
다.

이 노래의 저자는 성낙은의 ≪고시조 산책≫에는 면앙정(俛仰亭) 송
순으로, 김종오의 ≪옛 시조 감상≫에서는 무명씨로, 이태극의 〈우리의
옛 시조〉에는 사계(沙溪) 김장생으로, 내가 고등학교 때 배우기는 면앙
정 송순으로, 제각기 다르게 기억하고 있다. 시조 한 수를 두고 작가가
둘이 넘는 것은 위 시조뿐이 아니다. 성낙은이나 김종오나 이태극도
〈청구영언〉이나 〈해동가요〉나 〈가곡원류〉 같은 책을 참조했을 것이니
이 책에서는 내가 고등학교 국어 시간에 배운 대로 송순으로 하였다.

세상에 약도 많고 드는 칼이 있다하되
정(情) 벨 칼이 없고 임 잊을 약이 없네
아마도 이 두 일은 후천에 가 하리라

※ **해설** : 세상에는 병 고칠 약도 많고 잘 드는 칼도 있지마는 정(情)을 벨 칼이 없고 임을 잊어버리게 할 약이 없네. 아마도 이 두 가지 일은 죽고 나서 저 세상에 가서나 할까.

"정 벨 칼이 없고 님 잊을 약이 없네"는 탁월한 비유이자 애절한 절규다. 살아 있을 때는 할 수 없고 다음 세상에서나 가서 보자.
어느 무명씨의 노래다.

사람이 사람 그려 사람 하나 죽게 되니
사람이 사람이면 설마 사람 죽게 하랴
사람아 사람을 살려라 사람이 살게

※ **해설** : 그리워 죽겠으니 어서 빨리 와서 살려내라는 아우성이다. 이 44자 밖에 안 되는 시조에 사람이란 단어가 음악의 론도(rondo) 형식으로 9번이나 나오는 게 특색이다. 그러니 사랑의 119(긴급구호차량 요청)라고 해도 지나친 말이 아니다.

짚방석 내지마라 낙엽엔들 못 앉으랴
솔 불 켜지마라 어제 진 달 돌아온다
아이야 박주산채일망정 없다 말고 내어라

※ **해설** : 짚방석 내놓을 필요가 없다. 낙엽에 앉아도 좋은데 방석이 무슨 필요가 있겠느냐. 관솔불 켜지 마라 어제 진 달 돋아온다. 아이야, 맛이 좋지 않더라도 무슨 상관이겠느냐 술과 산나물이 있으면 없다 말고 얼른 내 오너라.

위의 시조 작가는 한호이다. 한호의 호는 석봉(石峯), 진사시에 합격하여 가평 군수를 지냈다. 글씨로 출세하여 사자관(寫字官)으로 외교문서를 도맡아 썼다. 서예 유작으로는 〈허엽 노래비〉〈서경덕 신도비〉〈기자묘비〉, 〈선죽교비〉 등이 있다. 글씨의 신속, 정확성이 요구되는 사자관 출신이라 그런지 석봉 글씨는 예술성이 다소 부족하다는 서평이 있다.

'한호' 하면 사람들은 "어디서 들어본 이름인데…" 하다가도 '한 석봉' 하면 '아, 그 명필' 하고 대번에 누군지 안다. 내가 초등학교 때 읽은 한석봉에 관한 이야기는 대략 다음과 같은 것으로 기억한다.

집에서 30여 리 떨어진 곳에 글씨를 배우러 가서 집 생각이 너무 간절한 나머지 석봉은 글씨 공부를 마쳤다면서 집으로 돌아왔다. 아들 공부를 위해서 떡을 팔고 다니던 석봉의 어머니는 "네가 글씨 공부를 마치고 왔다니 반갑다. 어디 나와 시합을 한번 해 보자. 너는 종이에 글씨를 쓰고 나는 떡을 썰겠다." 하고는 불을 껐다. 캄캄한 어둠 속에서 석봉은 글씨를 쓰고 어머니는 떡을 썰었다. 모두가 끝나자 어머니는 불을 밝혔다. 어머니가 썬 떡은 하나같이 같았으나 석봉이 쓴 글씨는 '삐뚤삐뚤' 일정하지 못하고 제멋대로였다. 어머니는 "아직 글씨가 멀었구나. 당장 돌아가서 글씨 공부를 더 하고 오너라"며 아들을 글방으로 돌려보냈다.

내 생각으로는 예술은 석봉 어머니의 떡 썰기처럼 꼭 같은 크기의, 마치 공장에서 기계로 뽑아낸 듯한 같은 크기의 떡을 써는 게 아니라 예술적 표현 욕구에 따라 크기가 다르고 색깔도 다른 기발한 떡을 만들어내는 것이라는 것을 지적해 두고 싶다. 한석봉은 커서 사자관(寫字官)이 되었다. 사자관이란 글씨를 써서 문서로 보관하는 것이었으니 그의 글씨가 예술성이 다소 부족하다는 세평도 이해가 간다.

　편지야 너 오느냐 네 임자는 못 오더냐
　장안 도상 넓은 길에 오고 가기 너뿐이라
　이후란 너 오지 말고 네 임자만…

　편지를 기다리는, 아니 님을 기다리는 어느 무명씨의 노래다. 아마도 연인으로부터 오는 편지를 눈 빠지게 기다리는 것 같다. 편지야 왜 네 주인은 오지 않고 너만 왔느냐. 서울 장안에 넓고 큰 길을 오가는 것은 편지 네 뿐이구나. 이 후에도 너는 오지 말고 네 주인만 오면 오죽 좋겠느냐.

　컴퓨터가 나오고 나서는 내게 오는 편지는 거의 없다. 모든 통신이 전화, 아니면 전자우편으로 오가는 세상, 이런 것들도 내게 온 '편지'라고 우기기엔 낯간지럽지만, 물세, 전기세, 전화비, 텔레비전 시청료 같은 각종 고지서가 수북이 쌓인다. 한 번은 내 육필(肉筆)로 답을 했더니 상대편에서 육필답장을 받게 되어 황공하다는 호들갑까지 왔다. 이러다가는 앞으로 수십 년만 지나면 손으로 쓰는 글씨는 아주 영영 사라지고 말지 않을까.

> 꽃이면 다 고우랴 무향이면 꽃 아니요
> 벗이면 다 벗이랴 무정(無情)이면 벗 아니랴
> 아마도 유향 유정키는 임뿐인가 하노라

※ **해설** : 꽃이라고 다 고운 것은 아니고 향기가 있어야 꽃이라고 할 수 있고, 친구라고 다 친구가 아니요 정(情)이 없는 사이면 친구가 아니다. 아마도 향기도 있고 정(情)도 있기는 내 임밖에 더 있겠나.

　자기 님이 사람 향기도 나고 정(情)도 있다고 은근히 뽐내는 어느 무명씨의 시조다. 그 '님'이라는 녀석과 사이가 좋을 때에야 향기도 있고 정(情)도 생겨나는 것. 아무리 님이라고 해도 마음이 한 번 뒤틀리면 향기가 어디 있고 정이 어디 있단 말인가? 신혼여행에서 돌아오는 부부들의 표정을 보라. 이들 사이가 한창일 때는 신랑 신부 모두 향기와 정으로 터질 것 같은 기쁨이나 1년만 지나면 그 뽐어 나오던 향기와 정은 반으로 줄어든다고들 하지 않는가? 이들 부부는 애정 교환이 4년만 되면 바닥을 치고 사느니 못 사느니 갈등이 많다고 한다.
　누가 만들어 냈는지 모르나 이런 우스갯소리가 있다. 미국 뉴욕에 가면 크고 높은 엠파이어스테이트 빌딩이 있다. 그 높은 건물 꼭대기에서 어느 녀석이 중간쯤에서 창을 열고 밑으로 뛰어내렸다. 막 땅으로 떨어져 내려오는데 또 어느 녀석이 밑에서 창을 열고 지금 막 밑으로 떨어지는 녀석을 보며 물었다. "기분이 어때?" 대답: "아직까지는 기분 만점."

사람의 감정이란 것도 마찬가지-. 10분 후에 어떻게 될지 모르면서 웃고 떠들며 즐거워한다. 신혼여행에서 돌아오는 신혼부부들이여. 살아보시오. 그 자랑스럽게 보이던 그 얼굴, 다정하게 보이던 그 얼굴, 그다지도 훤칠하게 보이던 그 얼굴도 어딘지 꾀죄죄하고 무심하고 첨지같이 보일 때가 있을 것이오.

(2020. 4.)

오늘도 다 새었다

오늘도 다 새었다 호미 메고 가자꾸나

내 논 다 매면 네 논 좀 매어주마

오는 길에 뽕 따다가 누에 먹여 보자꾸나

송강(松江) 정철의 노래다. 별다른 해석이 필요 없는 시조. 협동을 강조하는 농촌 생활의 그 옛날부터 내려오는 참 모습이다. 도시에 사는 사람들은 이런 노래를 들으면 단순하고 서로 도우며 한가롭게 사는 농촌생활을 무척 동경할 것이다. 이 단순한 것처럼 보이는 농촌 생활이 그리워 귀농(歸農)을 꿈꾸다가 마침내 농촌에 가서 살 결심을 하는 이도 있다. 그러나 그것은 어디까지나 시(詩)나 수필로 그린 농촌생활이지 실제 농촌생활이란 그렇게 한가롭고 그렇게 여유 있는 것은 아니라는 것을 말해두고 싶다. 거기에도 시기 질투도 있고 도시 생활 못지않은 '빨리 빨리'가 필요할 때가 있다. "내 논 다 매거든 너의 논도 매어주마." 얼마나 다정하게 들릴까마는 내 논 다 매는 것만으로도 허리가 두 동강이 날 것 같은 고통을 참으면서 하는 일이지, 부채질해가며 한가로이 하는 일이 아니다. 이 노래를 지은 송강은 당시 비단옷만 입던 부자 선비. 나는 그가 평생에 호미 한 자루라도 잡아 본 적이 있을까 의심한다.

한 몸 둘에 나눠 부부를 삼으실제
있을 제 함께 늙고 죽으면 한 데 간다
어디서 망령의 것이 눈 흘기려 하느뇨.

※ **해설** : 송강(松江) 정철의 훈민가(訓民歌) 중의 한 수다. 남자와 여자가 부부가
되었으니 살아있을 동안에는 함께 늙고 죽으면 청산에 묻힌다. 그러니 이렇
다면 부부는 한마음 한뜻이어야 따로따로 놀아서 되겠는가. 별것도 아닌
것을 가지고, 아무것도 아닌 일로 눈을 흘겨서야 하겠는가.

위의 송강의 시조는 심리적으로 문제가 있는 시조다. 우리가 눈을 흘
기고 티격태격하는 것은 별것 아닌 것에 대한 의견이 달라서 그런 것,
다시 말하면 작고 시시한 것 때문에 그런 것이다. 큰 것, 예를 들면 "남
북통일을 어떻게 해야 하느냐?" "수술해야 하나, 아니면 하지 말아야
하느냐?" 같이 큰일로 눈을 흘기는 경우는 매우 적다. 산다는 것이 무엇
인가? 산다는 것은 두 사람이 작은 일, 별것 아닌 것, 하찮은 일에 의견
을 교환하며 살아가는 것이 아닐까? 성장 배경이 서로 다른 두 사람이
모든 하찮은 일에 의견이 같아야 한다는 것은 말이 안 된다. 하찮은 일
에 서로 의견이 다른 것을 교환하고 상대의 의견을 존중해 주는 것이
민주주의의 시작이다. 민주주의란 국가나 정치 같은 데만 적용할 수 있
는 게 아니라 가정 같은 작은 집단에서도 적용되는 말이다. 부부가 서로
다른 의견, 다른 생각을 할 수 있는 분위기가 송강은 틀려먹었다 하더라

도 나는 좋다고 생각한다.

> 알뜰히 그리다가 만나 보니 우습거다.
> 그림같이 마주 앉아 맥맥(脈脈)히 볼 뿐이라
> 지금에 상간무어(相看無語)를 정(情)일런가 하노라

※ **해설** : 그리워하다가 막상 만나 보니 별것 아니고 우스운 생각이 든다. 그리던 님을 마주 대하고 앉아 끊임없이 바라볼 뿐이네. 오늘에 와서 서로 마주 보고도 말이 없는 것도 정(情)이라 하는가.

위의 시조는 조선 철종─고종 때의 가객 주옹(周翁) 안민영의 시조다. 서얼출신인 주옹은 스승 박효관과 함께 ≪가곡원류≫를 편찬, 간행했고 1876년에는 자신의 이름으로 ≪해동악장≫을 만들었다. 그는 음률에는 해박하나 실제 노래를 잘 불렀던 것은 아니었다고 한다. 그러나 그는 음률에 맞춰 노래를 잘 지어 가객으로 일컬어졌다. 특히 흥선대원군 문하에서 예능인들을 모아 숱한 가곡 공연을 한 것으로 유명하다.

위의 주옹의 노래를 보면 근대에 와서 손석우가 작사를, 박시춘이 작곡한 노래에 〈청춘고백〉이란 노래가 생각난다. 1955년에 나온 이 노래의 노랫말은 주옹의 "알뜰히 그리다가 막상 만나보니 우습다"와 서로 통하는 노랫말, "헤어지면 그리웁고 만나보면 시들하고…"의 구절과 어찌 그리 닮았는지. 그렇다. 남녀상사의 정은 꼭 만나서 이야기를 하기보다는 멀리서 서로 떨어져 서로 그리워하는 것이 더 절실할 때가 있는 것이다.

그리워하며 살지 말고 차라리 죽어서
월명공산(月明空山)에 두견새 넋이 되어
밤중만 사라져 우리 님의 귀에 들리리라

※ **해설** : 애타게 그리워하며 살지 말고 차라리 죽어서 달 밝은 빈 산 속 두견새
넋이나 되어 밤중에만 피나게 울어 님의 귀에 들리리라.

어느 무명씨의 노래다. 애타게 그리워하기보다는 차라리 죽어서 두
견새의 넋이 되자. 밤이 깊으면 피나게 울어 님의 귀에 들리게 하자.
연인의 결심치고는 "너 죽고 나 죽자"의 결사적인 태도. 만약 나를 찾아
오지 않으면 나는 죽어 두견의 넋이 되어 당신 귀에 피나게 울어댈 것이
라니 "알아서 기라"는 말. 아, 무섭다. 이런 연인은 남자를 너무 사랑해
서 남자를 숨도 제대로 못 쉬게 할 수도 있으니 이렇게 나만 들여다보고
있다가 눈만 돌려도 "당신 뭘 봐요?" 하고 성화일 테니 피곤해서 어찌
오래 가겠는가. 다정불심이라는 말이 있다. 사랑도 너무 사랑하면 병든
상태에 가까워진다. 조심하렷다.

내보기 좋다하고 남의 님을 매양 보랴
한 열흘 두닷새에 여드레만 보고 지고
그 달도 설흔 날이면 또 이틀은 못 보리라

※ **해설** : 내가 보기 좋다고 해서 남의 님을 늘 봐서야 되겠는가. 한 열흘 두 번
닷새에 여드레만 내가 봤으면 그 달이 큰달이라 서른 날까지 있으면 또 이틀
은 못 보겠구나.

옆집 총각을 애타게 그리워하는지 사모하는지는 모르겠으나 좌우간 남의 것을 탐내는 심정을 노래하는 것이다. 시조가 퍽 재미있다는 생각만 하지 말고 우리집 싸모님을 노리는 놈은 없는지 보안을 철통같이 할 것이다.

> 암반 설중고죽(雪中孤竹) 반갑고 반가와라
> 묻나니 고죽아 고죽군의 네 어떻냐
> 수양산 만고청풍이 이제 본 듯하여라

※ **해설** : 바위 두둑에 쌓인 눈 속에 고고하게 서 있는 대나무야 반갑기도 반갑구나. 대나무야 하나 물어보자. 은(殷)나라가 망할 때 백이와 숙제의 아버지 고죽군이 네가 보기에는 어떻더냐? 신하가 임금을 죽인 것을 부끄럽게 여긴 백이와 숙제는 수양산에 들어가 주나라 땅에서 난 곡식은 안 먹겠다고 고집하다가 굶어죽은 충신의 맑은 향기가 너를 보니 생각나는구나.

지은이 서견은 고려 말의 문신이다. 공양왕 때 조준, 정도전, 남은 등 이성계 일파를 숙청했으나 정몽주가 피살되고 정도전과 이성계가 실권을 잡자 유배되었다. 조선이 건국된 후는 벼슬에 나가지 않고 숨어 살면서 절의를 지켰다.

(2020. 2.)

올까 올까 하여

올까 올까 하여 기다려도 아니온다
닭이 울었거니 밤이 얼마 남았으리
마음아 놀라지 마라 임 둔 임이 오더냐

※ **해설** : 꼭 오리라고 기다리고 기다리던 그 임이 아니오네. 닭이 울고 새벽이
올 때까지 아니오니 아차 내 임에게 다른 임(애인)이 생겼나보다. 마음아 놀래
지 마라 임에게 새 임이 생겼으면 나한테 올 리가 있겠느냐.

스스로 마음속으로 의심을 해보는 가녀린 여성의 마음씨를 엿볼 수 있
다. 가랑비가 되어 잠들어있는 임의 방 창문을 들이치겠다느니 두견새가
되어 밤새도록 울어대서 임이 잠을 자지 못하게 한다든지와 같은 짓궂은
행동은 피하겠다는 말이다. 나 같은 남자 편에서 생각하면 이런 행동은
훨씬 격이 높고 합리적인 생각이다. 무명씨의 노래다.

달같이 뚜렷한 임을 번개같이 언뜻 보고
비같이 오락가락 구름같이 헤어지니
가슴에 바람 같은 한숨이 안개 피듯 하여라

지은이는 무명씨. 일기예보를 하던 어느 관리의 따님인가 번개, 비, 구름, 안개 등을 끌어대며 임과 같이 만남, 헤어짐 그리고 그이에 대한 그리움을 재미있게 표현하였다.

> 압록강 해 진 뒤에 어여쁜 우리 님이
> 연운(燕雲) 만리를 어디라고 가시는고
> 봄풀이 푸르고 푸르거든 즉시 돌아오소서

※ **해설** : 압록강에 해는 졌는데 어여쁜 우리 님이(소현. 봉림. 인평대군) 머나 먼 연경(북경의 옛 이름)길을 어딘 줄 알고 가시는가. 내년에 봄이 와서 봄풀이 파이랗게 돋아나면 곧바로 고국으로 돌아오소서.

위의 노래는 병자호란이 끝나고 조선의 세 왕자(소현세자, 봉림, 인평대군)들이 청에 볼모로 끌려가는 것을 보니 가슴이 찢어질 듯한 아픔과 그들의 안전을 비는 노래다. 지은이는 당시 왕자들을 수행했던 통역관 장현이다. 장현은 역관 집안 자제로 1639년 역관 시험에 합격하여 역관으로 활동하였다. 소현세자를 수행하여 6년간 청에 머무르다 돌아왔다. 그가 남긴 시조 작품도 역관의 신분으로 느낀 감회를 표현하고 있는 것이 많다.

병자호란에 대해서 몇 마디 적어보자. 인조가 왕이 되고는 광해군이 따랐던 외교정책을 버리고 친명배금(명나라와 친하고 금나라를 배척하는) 정책을 따랐다. 후금의 요구사항이 심해지자 조선은 먼저 후금을 치려는 움직임을 보였다. 이때 도리어 후금은 국호를 청이라 바꾸고 청 태종은 군사 12만 명을 이끌고 임경업이 지키고 있는 백마산성을 피해 서울로 곧바로 진군하였다. 적군이 그렇게 빨리 오리라고는 예상하지 못했던 인조는 남한산성으로 들어가서 별다른 싸움 없이 40여일이 지났다. 그 사이 식량은 떨어져 가고 군사들은 전의를 잃어버렸다. 하는 수 없이 1637년 1월 30일, 인조는 한강 동편 삼전나루에 죄수복인 푸른 색깔의 옷을 입고 나와서 청태종 앞에 무릎을 꿇고 항복하고 말았다. 이것이 병자호란이다. 난리가 끝나고 소현, 봉림, 인평 세 왕자들은 볼 모로 청나라에 끌려가게 되었다. 앞에 "압록강 해진 뒤에…"의 시조는 연경으로 끌려가는 3왕자들을 가리키는 것이다. (인평은 그 이듬해 돌 아왔다.)

　청은 조선 땅에 머무르고 있는 동안 여자들만 보면 겁간하고 약탈하였 다. 불과 45년 전 임진왜란 때는 경상남북도에서 일본군대에 겁간당한 여 자가 250만정도 된다는 보고를 읽은 적이 있다. 임진, 병자호란 합해서 300만 정도의 조선여인들이 겁간을 당했다고 보자. 그중 1,000명이 본의 아닌 임신을 했다고 치면 400년 가까운 세월이 흐른 오늘날 왜와 청의 DNA를 물려받은 사람들이 수백만에 이를 것이다. 그렇다면 '단일민족'이 라는 말의 순도도 많이 줄어든다는 생각도 든다.

　　지당에 비 뿌리고 양류(楊柳)에 내끼인 제
　　사공은 어디가고 빈 배만 매였는고

석양에 짝 잃은 갈매기는 오락가락 하노매

위의 시조를 지은 중봉(重峯) 조헌은 조선 중기의 문인으로 율곡 이
이의 문인이다. 23살 나이로 과거에 급제, 정주목, 파주목, 홍주목의
교수를 역임했다. 벼슬에서 물러난 뒤 고향 옥천으로 내려가 후진 양성
에 힘썼다. 중봉은 이이의 문인 중 가장 뛰어난 학자로 이이의 학문을
계승 발전시켰다. 임진왜란이 일어나자 옥천에서 의병을 일으켜 영규
등 승병과 합세하여 청주를 탈환하였으나 금산성 싸움에서 왜군과 싸우
다가 의병 700명과 함께 장렬히 전사하였다. 저서로는 ≪중봉집≫이
있다.

호화코 부귀(富貴)키야 신릉군(信陵君) 할까마는
백년이 못되어 무덤 위에 밭을 가니
하물며 나같은 장부야 일러 무삼 하리오

※ **해설** : 온갖 사치와 부를 누리기야 저 중국 전국시대에 식객(아무 하는 일도
없이 남의 집에 얹혀서 밥만 얻어먹고 지내는 사람)을 3,000명이나 거느렸다
는 신릉군과 같을까마는, 그가 죽은 지 100년이 못 되어 그의 무덤 위에 밭을
가니 나 같은 보통사람이야 말해서 무엇하리.

위의 시조는 조선 중기의 문인 고봉(高峯) 기대승의 작품이다. 이백
의 시에 "옛사람들은 신릉군의 부귀영화를 부러워했는데 지금 사람들은
그의 무덤 위에서 밭을 갈고 씨를 뿌린다(昔人豪貴信陵君 今人耕種信陵

墳)"를 그대로 옮긴 것으로 인생무상, 부귀영화의 덧없음을 말해주는 교훈으로 볼 수 있다. 고봉은 광주 선비이며 기묘사화 때 고향으로 돌아가 은거했던 선비이다. 성질이 무척 강직하고 직언을 좋아해서 기존 세력들과 자주 충돌하였다.

학문에 뜻이 컸던 그는 안동 예안의 퇴계 이황과 학문적인 인연을 맺어 12년(그러나 보통 8년이라 함)동안 서신을 통한 논쟁을 해서 성리학에 큰 업적을 남겼다. 퇴계보다 26살 아래인 고봉은 퇴계의 이기이원론(理氣二元論)에 반대하여 인간의 정신활동에서 지성을 중시하는 주지설(主知說)을 반대하고 감정이나 정서를 중시하는 주정설(主情說)을 주장하였다. 나이로는 고봉의 아버지뻘 되는 퇴계는 겸허한 자세로 이 천재 선비의 날카로운 이론을 경청하고 신중하게 답하였다. 두 선비간의 논쟁은 김영두의 〈퇴계와 고봉, 편지를 쓰다〉에 번역되어 나와있다. 전화도 전자우편은 물론 FAX도 복사기도 없던 500년 전에 광주에 있던 선비와 안동 예안에 있는 선비 두 사람이 이렇게 오랫동안 편지를 주고받았음은 놀라운 일이 아닐 수 없다.

2001년 나는 '퇴계 서예 전시회'에서 퇴계가 죽기 며칠 전 그가 직접 쓴 유언장을 본 적이 있다. 그 유언장에는 다음과 같은 내용이 적혀있었다.

…작은 돌에다 벼슬과 이력은 다 없애고 다만 '퇴도 만은 진성 이공지묘'라고만 쓰고… 기대승 같은 사람에게 내 행장(行狀:사람이 죽은 뒤에 그 평생에 지낸 행적을 적은 글)을 부탁하지 마라. 기대승 같은 사람은

신상에 없던 일도 장황하게 써서 세상의 웃음거리를 만들 것이니….

이 유언을 보면 두 선비가 얼마나 서로 존경하고 허물없는 사이였는지를 알 수 있다. 퇴계는 고봉이 자기를 극구 칭찬할 것이라는 것을 너무나 잘 알고 있었던 것이다. 퇴계의 이와 같은 유언에도 불구하고 퇴계 무덤 옆 묘갈명(무덤 앞에 세우는 돌비석에 새긴 글)을 지은 사람은 다름 아닌 고봉 기대승이었다.

두 석학의 학문적인 인연과 애착은 나이나 학설, 지역의 차이를 초월하였던 것이다. 고봉은 벼슬을 그만두고 고향으로 내려가던 중 고부에서 죽으니 향년 45세였다. 그는 죽은 후 광주의 월봉서원에 제향되었고 이조판서에 추증되었다.

(2020. 4. 15.)

대한민국 21대 국회 총선이 민주당의 압승으로 끝나던 날

우애 깊은 뜻이

우애(友愛) 깊은 뜻이 표리(表裏)없이 한뜻 되어
이 중에 화형제(和兄弟)는 우린가 여겼더니
어쩌타 백수 척안(隻雁) 혼자 울 줄 알리오

※ **해설** : 형제간이 화목해서 겉과 속이 다름이 없이 한 뜻이 되어 지내는 것
같아 여러 사람 중에서 우리 여러 형제가 제일 화목한 형제인 줄로만 여겼더
니 어찌하다가 다 일찍 죽고 나만 홀로 흰머리 외기러기 신세가 되어 혼자
눈물짓고 있단 말인가.

형제간에 화목하게 지내다가 세월이 흘러 늙고 병들어 무리에서 떨어
져 나온 외기러기 신세, 혼자 눈물 떨구고 있는 이 처량한 신세를 어찌
할 거나. 자기 신세를 탄식하는 노계 박인로의 노래다.

형아 아우야 네 살 만저 보아라
뉘손대 태어낫기 모양조차 같은가
한 젖 먹고 길러져있으면서 딴마음 먹지마라

※ **해설** : 형아 아우야 네 살을 만져 보아라. 누구한테서 태어났기에 모양조차

같은가. 한 젖 먹고 길러졌으면서 딴마음 먹지 말아라.

형제간에 우애를 강조하는 송강(松江) 정철의 노래다.

그러나 노계나 송강의 우애를 강조하는 시조보다도 가장 비극적인
것은 요새 와서 형제가 어른이 되어 상속된 재산을 놓고 싸움을 벌이는
소송이다. 선대(先代)가 남기고 간 재산을 얼마나 더 많이 차지하느냐
하는 것이 문재의 핵심. 이런 재산을 놓고 서로 더 많이 차지하려는 다
툼에는 형과 아우간의 대결보다도 아우의 부인, 형의 부인 등 안사람들
까지 싸움에 끼어들어 문제가 잘 안 풀리는 경우가 많은 것 같다. 내
생각으로는 재산이 억수로 많으면 상속을 하려는 사람이 살아있을 때는
형제간에 우애가 말할 수 없이 돈독하다가도 상속해 줄 사람이 죽고
나면 문제가 불거지는 경우가 많다. 정주영이나 이병철 같은 대부호의
가정을 들여다보라. 그들이 살아있을 때는 그 자녀들이 얼마나 효성이
지극했는지 알 수 있을 게다. 한 번만 문병을 안 가도 수백억 재산이
딴 데로 가버릴 위험이 있는데 어찌 문병을 게을리할쏘냐. 그러나 본인
들이 선계로 가고 나면 판국은 달라진다. 남아 있는 자식들 간에도 더
많이 차지하려는 욕심을 보이는 눈초리가 사나워지고 날카로워진다.

　　동기로 세 몸되어 한 몸 같이 지내다가
　　두 아운 어디가니 돌아올 줄 모르는고
　　날마다 석양 문외에 한숨겨워 하노라

위의 노래는 노계(盧溪) 박인로의 작품이다. 이 시조는 특히 노계의 개인 사정과 무관치 않다. 노계는 경상북도 영천군 북안면 도천동에서 장남으로 태어난 두 아우가 있었다. 그러나 둘 다 노계에 앞서 세상을 하직하였다. 이에 먼저 간 아우들을 생각하며 위의 시조를 지었다 한다.

노계가 서른한 살 때 임진왜란이 일어났다. 그는 선비생활을 떠나 의병에 가담하여 수군으로 종군하여 공을 많이 세웠다. 송강(松江) 정철, 고산(孤山) 윤선도와 더불어 조선 가사문학의 3대 대가로 불리는 그는 〈태평가〉 〈사제곡〉 〈누항사〉 등을 짓고 안동 예안의 도산서원을 참배하며 퇴계를 그리는 〈도산가〉를 지었다. (내 어머니의 애송가사다.) 말년에 그는 고향으로 돌아가 안빈낙도의 삶을 살다가 죽었다. 지방 후배들이 노계가 태어나서 자란 동네 도천동에 〈도계서원〉을 지어 그를 제향하고 있다. 노계는 시조를 많이 지었지만 가사 쪽에 더 큰 비중을 둔 선비다.

  왕상의 잉어 잡고 맹종의 죽순 꺾어
  검은머리 희도록 노래자의 옷을 입고
  일생에 양지 성효를 증자같이 하리라

※ **해설** : 중국 진나라 때의 효자 왕상이 얼음 속에서 어머니를 위해 잉어를 잡았 듯이, 중국 삼국시대 오나라의 효자 맹종이 겨울에 죽순을 꺾어 어머니를 봉 양했듯이, 중국 주나라의 효자 노래자가 꼬까옷을 입고 어머니 아버지를 기 쁘게 해드렸듯이 나도 일생에 부모님의 뜻을 받들어 효도로 이름이 높은 공 자의 제자 증자를 따르리라.

한문, 고사 투성이의 이 시조는 노계 박인로가 지은 것이다. 요새 세상에야 슈퍼마켓만 가면 봄, 여름, 가을, 겨울 1년 사시 중 어느 계절에 나오는 음식이라도 구할 수 있는 세상. 돈만 많이 있으면 왕상이든, 맹종이든, 노래자든 음식효도는 증자의 10배 20배로 쉽게 잘 할 수 있는 세상. 옛날 아이 셋을 가진 어머니가 구멍이 난 양말을 꿰매느라 전등알을 양말에 넣고 뜯어진 구멍을 찾아 기우던 풍습을 이제 이 세상에서 보기 힘든 것처럼 돈만 있으면 시장에서 계절과 지역 산물을 가리지 않고 사올 수 있는 세상이 되었다. 이렇게 말하고 보니 부모에게 효도하는 것도 돈이 있어야 된다는 말로 들리겠다싶어 송구스럽다.

우리가 그렇게나 강조하는 효(孝)는 도대체 어디서 왔을까? 말할 것도 없이 효는 유교의 인(仁)에서 왔다. 종교적인 가르침이다. 효는 아버지와 아들(미안하지마는 전통적인 효의 개념으로 딸은 여기에 포함되지 않는다.)의 관계를 말하는 것이다. 효는 아들이 아버지를 섬기는 것, 다시 말해 상향적인 사랑을 말한다. 효의 개념을 늘이면 충(忠)이 된다. 즉 아버지 대신에 임금을 넣고 아들 자리에 백성을 넣으면 충(忠)이 되는 것이다. 충은 효의 하위개념이다. 통치개념으로서도 충효가 중요한 개념이 된다. 가정이 이 사회의 근본 원자가 된다는 말이다. 어릴 때 많이 들었던 가화만사성(家和萬事成: 가정이 화목해야 만사가 이루어진다.)이라는 말을 보면 잘 되고 못 되는 것은 가정이 화목하냐 아니냐에 달려있다고 생각한다. 그러나 자세히 살펴보면 가정은 화목하지 못한데도 계획하는 일은 척척 잘되는 집도 있는가 하면, 가정이 화목한데도 만사는커녕 일사(한가지)도 잘 이루어지지 않는 집도 있는 것 같다.

(2020. 3.)

이 몸이 죽어가서

이 몸이 죽어가서 무엇이 될꼬하니
봉래산 제일 봉에 낙락장송 되었다가
백설이 만건곤할제 독야청청하리라

대한민국에서 태어난 사람으로 이 시조를 들어보지 못한 사람이 있을
까. 위의 시조는 사육신의 한 사람인 성삼문이 모진 고문을 받고 처형장
으로 끌려가는 수레 위에서 불렀다는 노래로 단종에 대한 불타는 충정
을 읊은 것이다. 이 중에서는 충신의 절개를 노래한 사람들의 작품을
찾아보는 것이 그 목표였는데 성삼문의 "이 몸이 죽어가서…"가 제일
먼저 떠올라 여기 맨 첫 번째로 적는다. 이 시조에서는 폐부를 찌르는
울분과 저항정신이 서려있음을 볼 수 있다. 매죽헌의 시조를 살펴보자.
이 몸이 죽으면 무엇이 될 것인가 하니 봉래산 제일 높은 봉우리에 가장
크고 튼튼한 소나무가 되었다가 흰 눈이 천지를 뒤덮을 때 나 홀로 우뚝
서 있으리라. 세조의 권력이 흰 눈처럼 온 세상을 뒤덮어도 나는 굴하지
않고 우뚝 서 있겠다는 결연한 충성심을 보여준다.
　성삼문은 그의 외가 충청도 홍성에서 무관 성승의 아들로 태어났다.

호는 매죽헌(梅竹軒). 세종 29년 문과 중시에 박팽년, 이개, 신숙주 등 모두 8명이 합격했는데 이 중 매죽헌이 장원을 차지했다. 집현전에서 공부할 때는 세자(훗날 문종)가 자주 출입하며 학사들과 토론을 즐겼다고 한다. 세종은 어느 날 대궐 뜰을 걸으며 "내 죽은 후에 이 아이(손자, 후일 단종)를 잘 부탁한다."라는 당부를 했다고 한다. 그 아이가 임금자리에 앉은 지 채 2년이 못 되어 수양은 김종서 같은 충신들을 죽이고 어린 단종도 더 이상 견디지 못하고 왕위를 수양에게 넘겨주었다. 남효은이 지은 〈육신전〉에는 수양이 왕위를 빼앗을 때 "승지 성삼문이 국새를 끌어안고 통곡을 하니 엎드려 있던 수양이 머리를 들고 그 광경을 자세히 살펴보고 있었다."라고 적혀 있다. 성삼문은 박팽년 등과 힘을 모아 단종을 복위시키기를 꾀하였다. 그러나 처음에는 거사 계획에 참여했던 성균관 사예 김질과 김질의 후손 김자점은 훗날 인조와 그의 아들 소현세자를 이간질하는데 크나큰 공권을 세운다. 그의 장인 정창손이 나중에는 겁이 나서 대궐로 달려가 세조에게 이 사실을 고해 바쳐 버렸다. 이에 박팽년과 그의 아버지 박중림, 성삼문과 그의 아버지 성승, 하위지, 유성원, 김문기, 이개, 박쟁, 권자신, 송석동, 유응부, 윤영손, 이휘 등 14명이 세조가 휘두르는 칼날에 희생되었다.

매죽헌 성삼문의 시조를 말했으면 취금헌(醉琴軒) 박팽년의 노래를 말하지 않을 수 없다.

　　까마귀 눈비 맞아 희는 듯 검노매라
　　야광명월이야 밤인들 어두우랴

님 향한 일편단심이야 가실 줄이 있으랴

※ **해설** : 까마귀가 눈비를 맞으면 흰 듯 보이지만 다시 곧바로 검게 된다. 야광
주와 명월주 같은 보석이야 밤이라고 빛이 나지 않을 수 있으랴. 취금헌의
임금 단종에 대한 충성이야 변할래야 변할 수도 없는 것이니 그리 알아라.

작자 취금헌 박팽년은 성삼문과 함께 세종 때의 집현전 학사. 세조가
모든 권세를 거머쥐고 단종을 쫓아내고 왕위에 오르자 경회루 연못에
뛰어들어 죽으려 하자 성삼문이 말렸다 한다. 박팽년의 재주를 아낀 세
조가 측근을(측근이 누구인지는 책마다 달라서 여기서는 아예 적지 않
는다.) 가만히 불러 옥에 갇힌 박팽년에게 회유를 권해보라는 명을 하
였다. 그러나 박팽년은 위의 시조로서 자기의 단종에 대한 충성을 알렸
던 것으로 전한다.

나는 고등학교 2학년 때 우연히 한국 소설을 접할 기회가 있었다.
어찌나 재미있던지 일부러 도서부에 들어가 매일 저녁 학교 공부는 집
어치우고 한국 소설을 읽던 생각이 난다. 그때 내 마음을 사로잡은 것이
춘원(春園) 이광수의 〈단종애사〉였다. 감수성이 예민하던 시절 성삼문,
박팽년 등의 사육신은 나의 영웅이 되어버렸고 배신자 김질, 신숙주,
정인지, 정창손 등은 천하의 간신으로 분개하였던 생각이 난다. 취금헌
박팽년은 문필이 뛰어나서 성삼문과 더불어 집현전 학사로서 세종의 사
랑을 듬뿍 받은 유능한 학자였다. 성삼문, 박팽년뿐 아니라 사육신 전
부가 당대에 이름을 떨치던 선비들이었다. 그러나 세상의 평으로는 성
삼문과 하위지는 시(詩)에 능하지 못했고, 이개는 문장은 절묘했으나

유장하지는 못했다 한다. 이에 비해 박팽년은 종횡무진, 능소능대, 그야말로 막힘없는 문장 실력을 보여주었다 한다.

세종이 어린 손자 단종을 재주가 뛰어난 집현전 학사들에게 부탁하였을 때 이 부탁을 받은 소위 고명대신 중에 세종의 부탁을 배반하고 세조 편에 붙어서 부귀영화를 누린 사람은 신숙주와 정인지가 대표적인 인물이다. 전해오는 이야기로는 신숙주의 아내는 남편의 변절에 참을 수 없는 부끄러움을 느껴 스스로 대들보에 목을 매어 죽었다 한다. 그러나 이 자살설은 사육신이 처형되기 전에 신숙주의 부인은 벌써 죽고 이 세상에 없었다는 사실로 보아 이 주장은 근거가 없는 것으로 판명되었다.

여섯 명의 선비가 세조에 의해 처형되자 그 남은 가족들은 남자는 조선의 형법에 따라 처형되고 여자들은 죽이지 않고 살려서 관가의 노비 등으로 썼다. 역사학자 이덕일에 따르면 박팽년의 아내 옥금은 신숙주가, 유성원의 아내 미치와 그의 딸은 한명회가, 서로 전리품 나누어 가지듯 제각기 나누어 가졌다 한다. 윤근수가 쓴 〈월정만필〉에는 신숙주가 단종 임금의 비(妃) 송 부인을 자기가 데려가고 싶어 했다는 이야기도 전한다. 어제의 동료 부인들을 성(性)노리개로 혹은 노비로 나누어 가지는 행태를 무엇이라 불러야 하는가?

흥미 있는 사실 한 가지는 단종을 위해서 죽은 여섯 충신 가운데 오늘까지 자손을 이어오는 선비는 박팽년뿐이다. 이야기는 이렇다.

당시 박팽년의 부인은 임신을 하고 있었는데 세조의 명령이 아이를 놓고 나서 남자면 죽이고 여자면 죽이지 말고 장차 크면 관아의 종으로 쓰라는 것이었다. 그런데 박팽년은 아들을 낳고 그의 종은 여자를 낳았는데 주인과 종이 아이를 바꿔치기해서 둘 다 무사히 살아남게 되었다는 것이다. 박팽년의 아들은 박비라는 이름으로 컸는데 당시 대구 목사가 자수를 권하여 성종이 작은 벼슬까지 내렸다 한다.

간밤에 부던 바람 눈서리치단 말가
낙락장송이 다 기울어지단 말가
하물며 못다 핀 꽃이야 일러 무엇하리오

※ **해설** : 지난밤에 불던 바람은 눈서리까지 쳤다면서. 정정한 큰 소나무들이 다 쓸어져버렸네. 큰 인물들이 다 이 꼴인데 채 피지도 못한 꽃봉오리들이야 말해서 무엇하겠는가.

단종의 복위 운동을 꾀하던 큰 인물(낙락장송)들도 세조의 칼날 아래 눈서리 맞은 풀처럼 쓰러지는데 하물며 채 피지도 못한 꽃들이야 말해서 무엇하리. 6신 중 유일한 무인 유응부의 시조다. 세조에 고문을 당하면서 "나으리(세조)를 한 칼에 베어버리고 우리 임금(단종)을 다시 임금 자리에 앉히려고 했는데 간사한 무리들의 훼방으로 이 꼴이 되었으니 할 말이 없소. 빨리 죽여주시오." 했다고 한다. 세조가 자세한 설명을 요구하자 같이 고문을 받고 있던 성삼문을 보며 "저런 애송이 서생들과 일을 도모하다가 이 꼴이 되었으니 물어볼 것이 있으면 저 서생들에게 물어보시오" 했다 한다. 이런 용기 있는 대답이 유응부가 실제 한 것인지, 아니면 뒷사람들의 상상으로 꾸며내 만든 말인지는 알 길이 없다.

내 생각으로는 소설가들의 상상으로 꾸며낸 것이지 싶다.

한국 E여대에 있던 어느 봄날, 아내와 함께 노량진에 있는 육신묘를 찾은 적이 있다. 6기가 아니라 김문기를 6신에 더하여 모두 7기가 나란히 있었다. 연유는 이렇다. 유응부는 나이도 그렇고. 지위 상 성삼문, 박팽년 등과 함께 자리를 할 수 있는 신분(육군대위 정도)이 아니었다한다. 그러나 당시 함경도 절제사를 지낸 김문기는 나이로 보나 사회적 지위로 보나 다른 문신들과 동석(同席)을 할 수 있는 사람으로 그를 6신에 더한 것이라는 사연이다. 세조가 죽은 뒤 그의 치적을 적을 때(세조실록) 유응부는 없고 김문기가 6신으로 기록되어 있다는 것이다. 박정희를 저격한 김재규가 중앙정보부 부장이던 시절, 사육신에 이의를 제기하여 사학자들이 재조사를 한 결과 유응부가 아니라 김문기였다고 역사학자들의 학회인 〈진단학회〉에서 공식 발표한 것이다.

(2020. 2)

청산리 벽계수야

청산리 벽계수야 수이 감을 자랑마라

일도(一到) 창해(滄海)하면 다시 오기 어려웨라

명월이 만공산(滿空山)하니 쉬어간들 어떠리

※ **해설** : 푸른 산속을 헤집고 흘러가는 시냇물아(이것은 종친 벽계수를 가리키
는 말이다.) 빨리 간다고 자랑하지 말아라. 한 번 바다에 이르면 이 산골로
다시 돌아오는 어렵지 않느냐. 휘영청 밝은 달이(황진이의 예명이기도 하
다.) 빈산에 가득하니 잠깐 쉬어가면서 천천히 가면 어떻겠느냐.

이 유혹에 안 넘어갈 조선의 사나이가 어디 있을까. 아무리 종친에다
가 보통 여자는 거들떠보지도 않는다는 소문이 자자한 벽계수라 한들
이 멋있는 황진이의 소야곡에 안 넘어가고 배기겠는가. 나 같으면 "아
이구, 반가와요 아가씨" 하며 맨발로도 뛰어가겠다.

잠시 황진이의 유혹 경력을 살펴보자. 그는 10년 동안 벽(壁)만 보고
수도하던 지족(知足)선사를 찾아가서 유혹, 드디어 그를 파계시켰다고
한다. 그 다음 유혹대상으로는 이름 높은 도학자 화담(花潭) 서경덕.
그를 찾아가 유혹하였으나 뜻을 못 이루고 두 사람이 스승과 제자 사이

로 매듭짓고 말았다는 유명한 이야기가 전해온다.

이 서화담 유혹 사실을 좀 더 살펴보자. 이것이 어떻게 세상에 나왔을까? 이를 처음부터 알고 있는 사람은 지구상에 황진이와 서화담 두 사람 뿐이다. 당시에 CCTV가 있었던 것도 아니니 틀림없이 이 둘 중 하나가 이 세상에 이야기를 먼저 털어놨을 것이다. 내 생각에 서화담 같은 도덕군자가 미스 황이 자기를 유혹하는데 자기가 거절했다고 스스로 말했다고 보기는 어렵다.

아무리 생각해도 이 이야기를 세상에 맨 처음 공개한 사람은 황진이였지 싶다. 미스 황 신분에서야 자기가 화담을 유혹했다 하더라도 손해 볼 것이 없었을 게다. 자기 몸값이 올라갔지 내려가지는 않을 것이 아닌가. 당시 화담은 나이가 50은 넘었을 텐데 낡은 연장을 가지고 어찌 황진이의 성난 파도같이 밀려오는 청춘을 감당할 수 있었으랴. 낡은 무기로 젖 먹던 힘을 다해 애썼으나 성공을 하지 못하는 광경을 목격한 황진이는 너무나 참담하고 애처로워 "선생님 이제 고만 우리 스승과 제자 사이로 지내자."라는 말이 나왔을 것이다.

산은 옛산이로되 물은 옛물이 아니로다
주야에 흐르니 옛물이 있을소냐
인걸도 물과 같도다 가고 아니 오더라

※ **해설** : 산은 예나 지금이나 그 모습 그대로 있는 산. 물은 밤낮으로 흘러가니 옛물이란 있을 수 없도다. 사람도 물과 같아서 한 번 가면 다시 오지는 않더라.

산과 물을 인간사에 비추어 노래한 황진이의 절창이다.

화류계에 몸 담고 일생을 보낸 황진이의 과거경험으로 보아 한 번 왔다가는 다시 오지 않는 남성들이 대부분이었을 것이다. 그러니 남자는 다 그런 것이라고 일반화하는 것도 나무랄 수는 없는 것이다. 사실 한 번 가고 다시 오지 않는 것이 어찌 남자들뿐이겠는가. 이 세상의 모든 것, 산봉우리나 강물, 대자연도 오랜 시간으로 보면 변하지 않는 것은 없지 않는가. 조선 성종—연산군조의 선비 읍취헌(挹翠軒) 박은의 시구처럼 '만사야 한바탕 웃음거리지. 영겁에야 청산도 뜬 먼지일 뿐(萬事不堪供一笑靑山閱世只浮埃)'인 것을—. 하는 절구를 하나 남기고 저세상으로 갔다.

이성을 그리워하며, 원망하면서도 사랑하고, 기다리던 사람들은 여성만이 그랬던 것은 아니다. 그러나 당시 남성들은 처자식이 딸린 자유스럽지 못한 사람들이었기에 운신의 폭은 무척 좁았을 것이다. 그러던 것이 1920년대에 이르러 서구에서 불어온 자유연애 사상의 영향으로 여성들은 집 밖으로 나와 돌아다니는 여성들이 많았다. 예로 화가이자 문필가이던 나혜석도 그때까지 남성의 전유물이요 여성들에는 평생의 수치로 여겨졌던 이혼을 당당히 드러내는 반항의 깃발을 흔들어댔다. 남편 이혼한 뒤 여성에게만 순결을 강요하는 이중성에 항의하는 〈이혼고백서〉를 발표하였다. 나혜석이 간 지가 80년이 넘었다. 그러나 노리개나 종속의 개념을 들먹이지 않더라도 남자와 여자가 서로를 그리워하며 사랑하는 모습은 20대나 30대, 40, 50 … 70, 80, 90대 어느 대에서나 찾아볼 수 있다.

옥에 흙이 묻어 길가에 버렸으니

오는 이 가는 이 흙이라 하는구나

두어라 알 이 있을 것이니 흙인 듯이 있거라

※ **해설** : 옥에 흙이 묻어 길가에 버려져 있으니 오는 사람 가는 사람 모두 흙덩이라 하지 옥이라 하는 사람은 없구나. 그러나 옥인 줄 알아보는 식견을 가진 사람이 나올 것이니 흙인 듯 가만히 있거라.

지은이는 호는 공재(恭齋) 윤두서. 해남 출신의 선비화가다. 고산 윤선도의 증손이요, 다산 정약용의 외증조부이다. 장남, 손자 모두 화업(畫業)을 계승해서 화가 가정을 이루었다. 겸재 정선, 현재 심사정과 더불어 조선 후기의 삼재(三齋)로 일컬어졌다. 공재 윤두서는 특히 말(馬)이나 인물화를 자주 그렸다. 그의 유품에는 남종문인화(南宗文人畫) 풍의 그림이 많다.

남종문인화란 문인 사대부들이 주로 그렸다 하여 붙여진 그림이다. 먹을 주로 쓰고 여백을 남기면서 글씨와 그림이 함께 어우러지는 것이 특색이다. 대표적 화가로는 추사 김정희, 허소치(허유) 같은 서화가들이다. 이에 반해 북파는 그림을 직업으로 먹고사는 직인(職人) 화가들이 많이 그렸다. 시나 서예의 역량보다는 채색에 의해 묘사나 장식성이 두드러지는 그림이다. 공재는 당시 노론이 지배하던 사회에서 남인으로서는 출세길이 막혀 벼슬은 일찌감치 포기하고 시·서·화로 일생을 보냈다. 저서로는 《기론》《화단》 등이 있다. 위 시조에서도 초야에 묻혀 있는 인재, 언젠가는 알아주는 사람, 찾아오는 사람도 있을 텐데 지금

구태여 "날 좀 보소, 날 좀 보소"를 외치며 손 흔들어 댈 필요가 있을까. 공재 자신을 두고 읊은 시조인지도 모른다.

> 인생을 생각하니 한바탕 꿈이로다
> 좋은 일 궂은 일 꿈속에 꿈이어니
> 두어라 꿈같은 인생 아니 놀고 어이하리

※ **해설** : 인생을 돌이켜 생각해보니 한바탕 꿈에 지나지 않는구나. 좋은 일, 나쁜 일들이 꿈속에서 벌어지는 한바탕 꿈이로다. 아, 이 꿈같이 살다 가는 인생 아니 좋고 어찌하랴

위의 시조 작가는 영조 때 나주 태생 남곡(南谷) 주의식이다. 그의 노래에는 인생의 허무감에서 오는 향락적 경향이 짙다. 우리 인생은 딱 한 번 사는 것이니 1분 1초라도 의미 있게 살아야 한다고 의미 있는 인생을 강조하는 사람도 있고, 인생은 지나고 보면 한갓 꿈이요, 허깨비요, 물거품이라고 주장하는 사람들도 있다. 어느 것이 옳은 말인지 정답은 없다. 그러니 나는 두 번째 주장, 즉 꿈=일장춘몽설을 지지한다.

내가 사는 콘도미니엄에서 아주 가까운 공동묘지에 우리 부부가 죽으면 묻힐 묘지를 계약했다. 부부 합해서 8천 불이나 들었다. 묘지 표석은 태극 문양도 넣고 해서 언뜻 보면 마치 상해 임시정부 독립투사의 무덤 같다. 표지에다 적은 말이 '일생은 일장춘몽'(Life is but an empty dream.)이라고 썼다. 이제 어느 때고 눈만 감으면 된다.

(2020. 5.)

청산아 말 물어보자

청산아 말 물어보자 고금 일을 네 알리라
만고영웅이 몇몇이나 지냈느냐
이후에 묻는 이 있거든 나도 함께 일러라

※ **해설** : 푸른 산아 말 좀 물어보자. 옛날부터 오늘까지의 일을 너는 잘 알고
있겠지 오랜 세월 동안 이름을 떨친 영웅들을 몇 사람 만나 겪었느냐. 이후
에 너에게 또 묻는 사람이 있거든 내 이름도 말해 넣어주려무나.

이 시조 저자의 이름은 김상옥, 영조 3년에 태어나서 정조 14년에
죽었다. 본관은 해풍, 무과에 등과하여 계미통신사에 참여하고 함경도
병마절도사를 지나 1778년에는 우포도대장을 역임하였다. ≪청구영언
≫에 시조가 실려 있는 김영의 아버지다.

위의 시조에서는 저자의 기개를 알 수 있다. 영웅이 여기 있으니 만
고의 영웅을 꼽을 때 자기를 잊지 말아달라는 부탁이다. 태산을 밀어붙
일만한 기개와 배포가 숨어 있는 시조, 이런 당차고 호기 있는 시조를
쓴 사람은 김상옥 말고도 몇 사람이 더 있는 것으로 안다.

대붕을 손으로 잡아 번갯불에 구워먹고

곤륜산 옆에 끼고 북해를 건너뛰니

태산이 발길에 차여 왜각데각 하더라

※ **해설** : 하루에 구만리를 난다는 대붕이라는 큰 새를 잡아서 번갯불에 구워먹고 곤륜산을 옆에 끼고 북해를 훌쩍 건너뛰니 태산이 발길에 차여 왜각데각 소리가 요란하더라.

　내 소견으로는 위의 시조 "대붕을 손으로 잡아…"는 문학성도 부족하고 말도 안 되는 기개이나 그 배포만큼은 비정상적으로 크다 할 수 있겠다. 바로 앞의 김상옥의 시조 "청산아 말 물어보자"는 사나이의 씩씩하고 호방한 기상을 나타내는 것이라면 위의 "대붕을 손으로 잡아"는 술 취한 사람의 허황된 취중발언에 지나지 않는다는 생각도 든다.

　좀 더 현실에 가까운 용기랄까 기개는 다음 남이 장군의 시조 두 수에서 찾아 볼 수 있다.

적토마 살찌게 먹여 두만강에 씻겨 타고

용천검 드는 칼을 선뜻 빼어 둘러메고

장부의 입신양명을 시험 할까 하노라

※ **해설** : 중국 위, 오, 촉 삼국시대 때 관운장이 탔다고 전하는 명마 적토마를 잘 먹여 두만강 물에 씻겨 타고, 천하 보배로운 칼로 불리는 용천검을 선뜻 뽑아 둘러메고 장부로서의 큰 공을 세워 세상에 이름을 떨쳐 볼까 하노라.

오추마 우는 곳에 칠척장검 비꼈는데

백이 산하는 뉘 땅이 되단말고

어즈버 팔천 제자를 어느 낯으로 보련고

※ **해설** : 항우가 탔다고 전해오는 명마 오추마를 타고 사람 키 높이만한 장검을
비껴들었는데 진나라 백이의 산하는 오늘날 누구의 땅이 되었는가. (한의 차
지가 되고 말았지 않았는가.) 아, 전쟁에 패하고 강동에서 데리고 온 팔천의
건아들이 대부분 죽고 말았으니 항우 너는 무슨 낯으로 그들의 부모들을 대
할 수 있단 말이냐.

이 책을 읽는 독자들은 항우와 유방의 싸움에 대해서 잘 알고 있을
것이라 생각한다. 초나라의 명장 항량의 아들 항우는 진시황이 죽은 해
에 22살, 그와 천하를 두고 다투던 유방은 37살이었다. (일설에는 46세
였다는 주장도 있다.) 이 두 사람이 군사를 일으킬 때 유방은 폐현에서
군사훈련도 제대로 받지 못한 자제 3,000명을, 항우는 정병 8,000명을
거느리고 있었다. 항우는 용감하기는 했으나 성질이 급하고 불같았으며
유방은 주위에 장량, 나중에 들어온 한신 같은 능력 있는 참모들이 많았
는데 그는 그들의 말을 귀담아듣는 타입이었다고 한다. 유방의 군대에 포
위당한 항우는 사랑하던 우미인의 자결을 지켜본 후 오강까지 가서 자기
를 믿고 따라온 8천 군사가 대부분 죽자 자기 고향으로 돌아갈 면목이 없
음을 알고 스스로 목숨을 끊고 말았다.

위의 시조 2수를 지은 남이는 어떤 사람인가? 남이는 조선 전기 세조
때 이름을 날리던 무신이다. 태종 이방원의 외손자, 즉 남이의 어머니
가 태종의 넷째 딸 정선공주로 축복받은 가정에서 태어나서 무과에 급

제, 7대 임금 세조의 사랑을 듬뿍 받았다. 세조가 조카 단종을 왕좌에서 몰아낸데 불만을 품은 이시애의 난이 터지자 이 난을 토벌하는데 큰 공을 세웠다. 그러나 세조가 죽고 예종이 왕위에 오르자 거침없이 잘나가던 남이의 행로에 문제가 터지기 시작했다. 전해오는 이야기는 이렇다.

하루는 대궐에서 숙직하고 있을 때 혜성이 나타났다. 이를 본 남이는 "묵은 것을 까뭉개고 새것이 나오려는 징조"라고 했다. 옆에서 이 말을 들은 유자광(이시애 난에 남이와 함께 공을 세운 세조의 사랑받던 무인이다.)은 남이가 역모를 꿈꾼다고 예종에 고자질을 했다. "묵은 것을 까뭉개고 새 것이 나온다는 징조"라는 말은 보통말로 들릴 수 있으나 이 말이 역모를 꿈꾼다는 말을 보태면 그럴듯하게 들리는 고자질이 된다. 요새 세상에는 저 사람이 "빨갱이" 혹은 "좌파"라고 하면 무고한 사람을 얽어매는데 더없이 좋은 수단인 것처럼 그 시대에는 역모했다는 한마디면 이 세상에 그 이상 좋은 고자질은 없었다. 임금이 되기 전 세자 시절부터 남이를 좋지 않게 생각하던 예종은 이 기회다 싶어 남이와 가까운 영의정 강순까지 죽여 버렸다. 그때 남이의 나이 피끓는 28살이었다.

20대에 병조판서가 되어 천하에 두려울 것이 없던 남이는 일개 무장 유자광의 모함에 걸려 아까운 목숨을 잃었다. 남이를 모함한 유자광은 이후에도 무오사화를 비롯하여 여러 번 문제의 핵심을 찌르는 고자질을 해서 악명을 날렸다. 남이가 그의 첫 먹잇감이라고 볼 수 있다.

(2020. 3.)

청산은 내 뜻이요

청산은 내 뜻이요 녹수는 임의 정이
녹수 흘러간들 청산이야 변할 손가
녹수도 청산 못 잊어 울며울며 가는고

※ **해설** : 유명한 황진이의 시조다. 청산은 나의 뜻이요, 흘러가는 물, 즉 녹수는
님의 정인데 물은 흘러가도 청산이야 변할 리가 있겠는가. 녹수도 청산 못
잊어 울며울며 흘러가는구나.

청산과 녹수를 대비시켜 청산의 굳굳한 지조와 절개를 노래한 기막힌
절창이다. 나는 이 황진이의 시조를 읽으면 여명기의 시인 김소월의
〈먼 후일〉이 생각난다.

먼 훗날 당신이 찾으시면/ 그때에 내 말이 '잊었노라'/ 당신이 속으로
나무라면/ 무척 그리다가 잊었노라/ …/ 오늘도 내일도 아니 잊고/ 먼
훗날 그때에 '잊었노라'

녹수도 청산 못 잊어 울며 울며 간다는 황진이나 어제도 오늘도 아니

잊고 먼 훗날 그때에 '잊었노라'고 한 소월이나 황진이가 익산의 소세양과 한 달을 같이 살다가 헤어질 때 준 한시구절 "…내일 아침 헤어지고 나면, 남은 정만 푸른 물결처럼 길리라"와 같은 심정이 아닐까.

> 내 언제 무신하여 님을 언제 속였관데
> 월침삼경에 온 뜻이 전혀 없네
> 추풍에 지는 잎 소리야 낸들 어이 하리요

※ **해설** : 내가 언제 님을 속였습니까. 왜 나보고 신의 없다고 하십니까. 달도 기운 한밤중에 님께서는 저를 찾아온 적은 한 번도 없습니다. 가을바람에 잎 떨어지는 소리야 낸들 어이 하겠습니까.

위의 노래는 화담 서경덕의 시조에 답하는 시조로 알려져 있다. 그런데 먼저 밝혔듯이 서화담과 황진이가 연인 사이였던 것으로 말하는 책이 많은데 나는 그렇게 생각하지 않는다. 내 생각으로는 화담이 황진이의 사람됨이 천하지 않음을 알고 가끔 그녀와 마주하여 재미있는 이야기를 나눈 것이 전부라 생각된다. 당대의 대학자와 기녀의 교제란 너무나 극적이라서 둘 사이를 두고 많은 가십(gossip)들이 오갔는데 그 중 가장 화려한 이야기는 황진이가 서화담을 유혹하다가 실패한 것이라는 것이다. 유혹의 실패는 서화담의 실력부족 때문인 것으로 본다.

서화담 나이가 50을 넘었고 황진이는 40을 넘기 전이었으니 서화담은 황진이의 성적(性的) 상대가 되지 못했다는 것을 새겨둘 필요가 있다. 나는 내 주장을 뒷받침할만한 증거가 없다. 증거 없는 것은 둘이

연인 사이라고 주장하는 사람들도 마찬가지다.

> 동짓달 기나긴 밤을 한 허리를 둘에 내어
> 춘풍 이불 아래 서리서리 넣었다가
> 어른님 오신 날 밤이어든 굽이굽이 펴리라

※ **해설** : 동짓달 기나긴 밤을 둘로 잘라서 따뜻한 이불 속에 여러 번 포개서 넣었다가 어른님(정든님) 오시면 그것을 꺼내어 굽은 곳마다 펴고 바로잡아서 그 길고 긴 밤을 보내보련다.

위의 노래는 당대의 명창 이사종과 동거생활을 하며 사랑을 불태울 때 지은 노래로 알려져 있다. 황진이의 성격에 대해서는 당시 문단을 화려하게 꾸몄던 시인 교산(蛟山)허균은 ≪성소부부고≫에서 황진이는 "성품이 독립적인 것이 꼭 남자 같았다"고 했다.

> 이화우 흩날릴제 울며 잡고 이별한 님
> 추풍낙엽에 저도 날 생각는지
> 천리에 외로운 꿈만 오락가락 하노매

※ **해설** : 눈같이 하얀 배꽃이 가랑비 내리듯 흩날리는 날, 손잡고 울며불며 서럽게 이별한 님. 가을바람 불어서 나뭇잎은 떨어지는 데 지금도 나를 생각하는지 천리(千里)에 외로운 꿈만 오락가락하는군요.

위의 시조를 지은이는 조선 중기 전라북도 부안의 시인이자 기녀 매창(梅窓)이다. 시와 거문고에 뛰어났고 당대의 문인 유희경, 허균, 이귀 등과도 교우가 깊었다. 개성의 황진이와 더불어 조선명기의 쌍벽을 이루었으며 한시 작품으로 〈추사〉〈춘원〉〈증취객〉등이 있다.

　매창의 어머니는 매창을 낳을 때 산고로 죽고 12살 되던 해에 아버지마저 죽었다. 고아가 된 매창을 불쌍히 여긴 부안현감(서우관)이 기적에 올려주며 관아에서 잔심부름을 하게 하였다. 현감은 현감직에서 물러날 때 매창을 수청 들게 하고 서울로 가버렸다. 그를 애타게 그리던 매창의 원한은 이때부터 시작되었다고 한다. 현감 서우관으로 인한 아픔이 아물어 갈 무렵 매창은 서울에서 내려온 학자요 천하의 풍류객 유희경을 만나 둘은 깊은 사랑에 빠졌다.

　유희경은 어떤 인물인가? 유희경은 강화도에서 태어났으나 어떤 기록에도 그의 출신에 대한 자세한 언급은 없다. 아마도 아전 가문이 아니었을까 추정된다. 13살 때 아버지를 여읜 유희경은 스님으로부터 장차 먹고사는 방법으로 상례(喪禮)를 전수 받아 사대부 집안에 드나들며 집상(執喪)을 해서 이름을 얻고 차차 양반 행세를 한다. 국상에까지 불려간 상례의 화신 유희경은 차츰 노론 계열의 정치인사로 변해갔다. 인조반정 후에는 그의 명성이 치솟아 김상용, 이원익, 허균, 허균의 형 허성, 이수광 등과도 어울렸다.

　40대의 유희경이 스무 살 전의 기녀 매창을 만났으니 맨날 시골놈만 보다가 서울에서 온 멋쟁이요, 바람둥이 유희경을 만났으니 그에게 얼마나 반했겠는가? 그러나 임진왜란이 일어나자 유희경은 의병을 일으켜야 한다며 서울로 가버렸다. 위의 시조는 서울로 간 유희경을 그리워하는 심정을 읊은 시조다. 그를 보고 싶은 나머지 매창은 남장을 하고 서울까지 유희경을 찾아갔으나 만나지도 못하고 돌아와서 시조 한 수를 남겼다.

기러기 산 채로 잡아 정들이고 길들여서
님의 집 가는 길을 역력히 가르쳐 주고
밤중만 님 생각나면 소식 전케 하리라

황진이와 비교할 때 우열을 가리기가 힘들겠지마는 황진이는 우리말로 된 시조를 많이 남겼음에 비하여 매향은 한시를 더 많이 남겼다.

울며 잡은 소매 떨치고 가지 마소
초원 장제에 해 다 저물었네
객창에 잔등 돋우고 세워 보면 알리라

※ **해설** : 가지 말라고 울며 꼭 붙잡고 놓지 않은 소매를 매정하게 뿌리치고 가지 마십시오. 풀 우거진 긴 둑 위로 해는 다 저물어가고 쓸쓸한 여관방에서 호롱불 심지 돋우고 하룻밤을 세워보면 내 심정 잘 알게 될 것입니다.

위는 조선 전기 강릉 기생 홍장이 쓴 시조다. 박신이라는 사람이 강원도 안렴사로 갔을 때 그녀를 사랑하여 정이 깊이 들었는데 임기가 끝나 서울로 돌아갈 때 강릉 부윤으로 있던 조운흘이 그녀를 신선처럼 꾸민 뒤 박신을 한송정으로 유인해서 놀려 주었다는 일화가 전한다.

매화 옛등걸에 봄철이 돌아오니

옛 피던 가지에 피엄직도 하다마는

춘설이 난분분하니 필동말동 하여라

※ **해설** : 이 노래를 지은이는 황해도 곡산 출신의 기생 매화로 전한다. 매화나무 낡은 그루터기에도 봄은 왔으니 예전에 아름다운 꽃을 피우던 가지에도 꽃이 필 것 같은데 날씨가 저렇게 변덕스럽게 눈이 오다말다 하니 꽃이 필지말지 모르겠구나.

꿈에 뵈는 님이 신의 없다 하건마는

탐탐히 그리울 땐 꿈 아니면 어이 보리

저 님아 꿈이라 말고 자주자주 뵈소서

경기도 화성 기녀 명옥의 노래다. 님이여 꿈이라도 좋으니 꿈속에 자주자주 나타나달라는 애절한 부탁이다.

위의 시조 3수는 모두 기녀들의 노래다. 얼마나 순수하고 간결하며 애틋한 사연인가? 무심한 남성들이여, 이들을 부르짖음을 언제까지 당신네들과는 아무 상관 없는 것으로, 못 들은 척, 무심한 표정을 지으려는가. 이렇게 사랑을 노래한 시조는 황진이나 홍장 같은 화류계에 몸담은 여성들이 많이 썼다. 점잖은 양반댁 사모님들이야 어찌 남자가 그립다더니 사랑한다느니 같은 말을 감히 입에 올릴 수가 있을까. 이런 말은 '기왕 버린 몸'으로 생각하는 기녀들의 몫이다.

(2020. 3.)

청산은 나를 보고

청산은 나를 보고 말없이 살라하고
창공은 나를 보고 티 없이 살라하네
사랑도 벗어 놓고 미움도 벗어 놓고
물처럼 바람처럼 살다가 가라하네

위의 시는 한문으로 쓰인 시를 우리말로 옮긴 것이다. 고려 말–조선 초의 나옹선사가 지은 것으로 알려져 있다. 내가 이 시를 처음 만난 것은 1973년 유학을 떠난 후 처음으로 한국에 나가서 여기저기 변한 모습들을 보고 다니다가 광화문 세종문화회관에 들렀더니 어느 서예가의 서예전시회가 열리고 있었다. 그 전시장에서 한글 궁체로 쓴 위의 시가 눈에 띄어 베껴왔다. 그 후 이 시는 나의 애송시가 되었다. 전형적인 시조는 아니더라도 시의 내용이 아름답고 운율이 시조 성격을 띠어 이 시조 선집에 넣었다.

이 노래를 지은 나옹선사는 이성계를 도와 지금의 서울을 조선의 수도로 정하는 데 큰 도움을 준 정치스님 무학대사의 스승이다. 무학이 젊은 시절 원나라에 갔다가 거기서 나옹선사를 만나 그의 제자가 되었다. 무학대사의 아버지는 안면도에서 갈대로 삿갓을 만드는 장인(匠人)이었는데 천민이라고 나옹의 제자들이 무학을 제자로 받아들이는 데 반대하였다. 나옹의 제자가 되기에 어려움을 겪었다는 말이다. 무학대사를 이성계의 왕사로 추천한 것도 나옹의 추천이었다고 전한다.

무학과 나옹은 다음과 같은 일화 한 토막이 전해온다. 이덕일의 ≪조선 왕을 말하다≫에 나오는 이야기다. 고려 공민왕 9년 부친이 사망하자 이성계는 명당(明堂)을 구하지 못해 애를 태우고 있었는데 마침 사제 사이인 두 승려가 명당에 대해 서로 이야기를 나눈 것을 소문으로 들었다. 스승이 동산을 가리키며 "여기에 왕이 날 혈(穴)이 있는데 너도 아느냐?"고 묻자 젊은 중이 "세 갈래 중에서 가운데 낙맥인 짧은 산기슭이 정혈인 것 같습니다"고 대답하였다. 스승은 "네가 자세히 알지 못하는구나. 오른편 산기슭이 정혈이다"라고 바로잡아 주었다. 하인에게 이말을 전해들은 이성계는 말을 달려 뒤쫓아 함관령 아래서 두 승려를 만났다. 이성계가 극진히 대접하면서 장지를 가르쳐달라고 하자 노승이 산에 지팡이를 꽂으며 첫째 혈(穴)에는 왕후(임금)가 날 자리고, 둘째 혈은 장군과 재상이 날 자리라고 했다. 노승이 나옹이었고 젊은 제자가 무학이었다 한다. 이성계가 왕이 날 혈을 택하자 나옹은 이성계를 보며 "그거 너무 지나치신 것 아닙니까" 하였다 한다. 부친 장지에 관한 이야기가 사실이라면 이성계는 25살에 벌써 나라를 세울 꿈을 꾸고 있었다는 뜻이 된다.

술을 취케 먹고 오다가 공산(空山)에 지니

뉘 날 매오리 천지즉금침(天地卽衾枕)이로다
광풍(狂風)이 세우(細雨)를 몰아 잠든 나를 깨와다

위는 송당(松堂) 조준의 노래다. 조준은 아들이 태종 이방원의 딸과
혼인함으로써 태종의 사돈이 되었다. 원래는 별 이름 없는 집안이었으
나 증조대에 이르러 몽고어를 잘해서 통역관으로 출세, 고려 충선왕의
장인이 되면서 귀족이 되었다 한다.

조준은 위화도 회군 이후 이성계의 측근이 되어 정도전과 함께 토지
개혁에 앞장섰다. 1, 2차 왕자의 난에서 태종 이방원 편을 들어 영의정
부사로 올랐다. 토지제도에 조예가 깊어 하륜 등과 함께 ≪경제육전≫
을 편찬하기도 했다. 저서에 ≪송당집≫이 있다.

오백년 도읍지를 필마(匹馬)로 돌아드니
산천은 의구한데 인걸은 간 데 없네
어즈버 태평연월이 꿈이런가 하노라

위의 시조는 고려의 대학자 야은(冶隱) 길재의 탄식이다. 옛 수도 개경에 가서 느낀 감회를 읊은 시조다. 성낙은의 ≪고시로 산책≫에는 다음과 같은 야은에 관한 일화가 적혀있다. 야은은 절의와 효행등 유학의 실천자로서 실천학문을 소중히 여기고 사장(詞章)을 그리 힘쓰지 않았다. 그는 또한 "충신은 두 임금을 섬기지 아니하고 열녀는 두 남편을 섬기지 아니한다"를 강조하였다. 이에 대한 강조가 어느덧 여염집 규중에까지 침투되어 약가와 같은 열녀의 출현을 보게 되었다. 이야기는 이렇다.

약가는 어느 농부의 딸이었는데 그는 시집을 가서 남편이 3년을 기약하고 전방으로 징집이 되어 갔다. 손꼽아 기다리던 3년이 지나 6년이 되어도 남편은 무소식이었다. 친정에서는 사위가 죽은 것으로 단정하고 약가에게 개가 할 뜻을 권했다. 그러나 약가는 "우리 마을의 길선생은 열녀는 두 남편을 섬기지 않는다고 하셨습니다. 이 몸은 길선생의 가르침에 다른 바가 없으니 조금도 걱정 마십시오."라며 시부모들을 정성껏 모셨다. 하늘도 감동했는지 꿈에도 잊지 못할 남편이 8년 만에 돌아와서 약가의 원을 풀어주었다고 한다. 선산군 고아면 봉한동에 있는 야은의 백세청풍(百歲淸風)비와 나란히 서있는 팔년고등비(八年孤燈碑)가 바로 약가를 칭송하기 위한 비석이다.

야은이 간 지 500년이 지난 오늘날에는 사람들의 생각이 많이 달라졌다. "나를 챙기는 사람 중에 진정으로 나를 챙겨주는 사람은 이 사람밖에 없다."라고 금슬 좋음을 자랑하던 부부도 배우자가 죽고 1년이 못가서 재혼한 새 배우자의 손을 잡고 다정한 부부가 되어 다니는 세상.

그야말로 셰익스피어(Shakespeare) 연극 햄릿(Hamlet)에 나오는 구절 "상여를 따라가는 눈물도 마르기 전에" 재혼을 서둘러서 신혼의 단꿈을 찾아 헤매는 이들이 많지 않은가.

야은 길재는 영남학파의 비조(鼻祖: 태생 동물은 코가 제일 먼저 형성된다는 말로 어떤 일의 시조를 이름) 포은 정몽주의 학통을 이어받아 김숙자 → 김종직 → 김굉필 → 정여창, 김일손으로 이어지는 영남학파로 불리우는 학맥형성에 빠질 수 없는 징검다리 역할을 했다. 이 영남학파는 퇴계(退溪) 이황에 이르러 학문적으로 활짝 핀 동백 시대를 맞았다.

영남학파는 영남 출신 선비만이 영남학파가 되는 것은 아니다. 전라도 해남의 고산(孤山) 윤선도, 경기도의 다산(茶山) 정약용 같은 선비도 영남학파에 속한다. 이 학파의 특색은 절의(節義)와 사장(詞章)을 중하게 여긴다는 데 있다.

(2020. 2.)

청산은 어찌하여

청산은 어찌하여 만고에 푸르르며
유수는 어찌하여 주야(晝夜)에 긋지 아니는고
우리도 그치지 말고 만고상청(萬古常靑) 하리라

※ **해설** : 푸른 산은 어찌하여 늘 푸르고 흐르는 강물은 어찌하여 밤낮 그치지
않고 흐르는고, 우리도 그치지 말고 영원히 푸른 삶을 이어 가리라.

도학의 길로 정진하겠다는 결의를 다진 시조다.

지은이는 단군 이래 최고의 학자로 불리는 퇴계(退溪) 이황이다. 퇴
계는 1534년 문과에 급제하여 성균관 사성을 지내고 이에 단양, 풍기
군수를 지낸 뒤 낙향하였다. 그 뒤 30번 넘게 벼슬을 제수 받았으나
잠시 지냈을 뿐 대부분 사퇴하고 고향으로 돌아가 학문에 마음을 쏟았
다. 그의 사상은 중국의 주희와 당시의 철학을 바탕으로 하고 있으며
다른 학문은 배척하였다. 도산서원을 짓고 후진 양성과 학문연구에 힘
썼다. 죽은 후에 영의정에 추증, 선조의 묘정에 배향되었다. ≪퇴계 전
서≫가 있고 시조작품으로는 〈도산 12곡〉이 있다. 퇴계는 고려 말 영천
의 정몽주 → 선산의 길재 → 선산의 김숙자 → 김숙자의 아들 김종직

→ 함양의 정여창과 하동의 김굉필 등으로 이어지는 〈영남학맥〉으로 불리우는 학문적 견해를 물려받아 화려한 학문의 꽃을 피우게 한 선비로 알려져 있다. 〈영남학맥〉이라고 해서 영남 선비들만 포함되는 것이 아니고 경기도의 다산(茶山) 정약용, 전라도 해남의 고산(孤山) 윤선도 등도 이에 포함된다.

> 청량산 육륙봉을 아는 이 나와 백구
> 백구야 헌사하랴 못믿을손 도화(桃花)로다
> 도화야 떠지지마라 어주자 알까 하노라

※ **해설** :헌사라는 말은 수다를 떤다는 말. 어주자는 어부를 가리키는 말이다. 청량산 열두 봉우리를 아는 사람은 나와 갈매기 뿐. 갈매기가 이렇게 좋은 경치가 있다고 수다를 떨겠는가마는 못 믿을 것은 복숭아꽃이다. 복숭아꽃들아 제발 떨어지지 말아라. 너희들이 물에 떠내려가면 강 하류의 낚시꾼들이 강을 거슬러 올라가면 무릉도원이 있다는 것을 알게 되지 않겠느냐.

청량산은 경상북도 안동군과 봉화군 경계에 있는 870미터의 경치가 좋은 산이다. 퇴계가 어릴 때부터 글 읽던 오산당, 신라 때 김생이 글씨를 쓰며 살았다는 김생 굴, 공민왕이 홍건적을 피해 개성서 여기까지 도망쳐 와서 있던 공민왕당 등이 있다.

청량산은 퇴계가 강론하고 시(詩) 쓰던 도산서원에서 걸어서 꼭 한나절 길. 나도 젊었을 때는 이 산에 몇 번 다녀왔다. 집에서 학교를 갈때, 올 때 청고개 마루에 서면 멀리 청량산 봉우리가 훤히 내다보인다. 청량산 주봉 위로는 흰 구름이 있어 내 어릴 적 꿈과 공상은 늘 청량산

꼭대기를 넘지 못하고 그 봉우리에서 빙글빙글 맴도는 것 같았다. 청량산 및 석벽을 치고 흐르는 낙동강 물줄기는 시인 이육사가 태어난 원천 마을 앞을 지나 도산서원 앞으로, 농암(聾巖) 이현보가 살던 애일당, 역동 우리 집 앞을 지나 말없이 흘러간다. 나는 아침저녁 학교 갔다 오는 길이면 청고개 마루에서 멀리 청량산을 바라보곤 했기에 청량산은 내 영혼이 태어난 곳이라 생각했다.

한편 율곡(栗谷) 이이가 지은 고산 구곡가에 이런 시조가 나온다.

이 곡은 어디메오 화암에 춘만커다.

벽파에 꽃을 띄어 들판으로 보내노라

사람이 승지(勝地)를 모르니 알게한들 어떠리

※ **해설** : 두 번째로 경치 좋은 곳은 어디인가? 꽃이 피어있는 화암에 봄이 가득하구나. 푸른 물결에 꽃을 띄어 들판으로 내보낸다. 사람이 경치 좋은 것을 모르니 알려주는 것도 좋은 생각이 아닐까?

좋은 경치를 두고 퇴계는 남들도 이런 경치 좋은 곳이 있음을 알까봐 두렵다고 하는 반면, 율곡은 이런 좋은 경치 있음을 남에게 알려주는 게 좋다고 하니 이것은 두 선비가 세상을 내다보는 눈에 어떤 차이가 있지 않을까를 보여주는 것 같다.

당시에 예던 길을 몇 해를 버려두고

어디가 다니다가 이제야 돌아온고

이제야 돌아왔으니 딴데 마음 말으리

※ 해설 : 예전 그 당시에 걷던 길(학문하던 길)을 몇 해를 내버려 두고 어디가 다니다가 이제 돌아왔는가. 이제 겨우 돌아오게 되었으니 또 딴 데 마음 돌리지 말고 그 학문하던 길로만 가자.

퇴계는 단양, 풍기 군수를 지냈다. 둘 다 자기가 평소 바라던 공부하는 곳은 아니었다. 퇴계는 몹시 공부를 하고 싶었다. 위의 시조는 다른 데 (벼슬길이 아닌) 가서 다니다가 이제 돌아왔으니 또 벼슬하지 말고 학문연구에 전력을 다하자는 선비로서의 양심선언이다.

내 서실에는 한국 나가 있을 때 어느 화랑에서 사들고 온 퇴계의 제자 서애(西厓) 유성룡이 벼슬을 마치고 돌아와 지은 시(詩)가 적혀있는 현판에 병산서원 만대루를 그린 판화가 하나 걸려있다.

…진리탐구에 힘을 다하지 못하였으니 일에 임할 때 마다 때늦은 후회를 하네. 한 갓 큰 뜻은 품고서 산 좋고 물 좋은 이 서제로 왔노라. ─〈서제유한〉

퇴계는 학문과 벼슬을 오가며 권세에도 욕망이 있었기에 이중적인 생활태도를 가졌다고 꼬집는 사람들이 있다. 그렇다. 그런데 이 세상에 공부 좀 했다는 사람치고 권력에 관심 없는 선비가 있을까? 중국 이궈원이 쓴 책을 보면 중국 과거에 응시한 사람들 거의 다가 이름을 내는 벼슬자리를 꿈꾼다는 것을 알 수 있다. 그러나 많은 선비들은 그런 욕심은 감추고 고고한 척, 벼슬 따위에는 아예 관심이 없는 척 하고, 오로지 학문에만 관심이 있는 척 이중적인 태도를 갖고 있다는 것이다. 가장 전형적인 예가 바로 이태백으로 꼽는다. 나는 우리나라 선비 내지 학문한 사람들도 마찬가지로 생각한다. 벼슬을 하고 싶은 학자의 마음을 욕하는 것보다는 자기는 벼슬에는 관심이 없는 척하는 그 이중성이 얄밉고 가증스런 것이다.

　　고인(古人)도 날 못 보고 나도 고인 못 뵈
　　고인을 못 봐도 예던 길 앞에 있네
　　예던 길 앞에 있거든 아니 예고 어쩔꼬

※ **해설** : 옛사람도 나를 못 봤고 나도 옛사람을 못 봤지마는 옛날 사람이 행하던 길(학문하는 길)은 우리 앞에 있는 그 길을 아니 따라가고 어찌할 것인가.

옛 성현들이 걷던 길(학문하던 길)을 따르고 본 받고저 하는 마음을 그린 퇴계의 노래이다. 도학자로서의 결의가 물씬 풍긴다.

　　연하로 집을 삼고 풍월로 벗을 삼아
　　태평성대에 병으로 늙어가네
　　이 중에 바라는 것은 허물이나 없고저

※ **해설** : 연기와 돌로 집을 삼고 바람과 달로 벗을 삼아 이 좋은 태평성대에 나는 그저 병으로 늙어가는구나. 이 태평성대를 다스리는 임금 아래 무슨 원통한 일이 있을까마는 구태여 바란다면 살아가며 큰 허물이나 저지르지 말고

그저 조용히 병으로 늙어 갔으면 좋겠다.

　　오늘 세상에 비추어 말한다면 퇴계는 잘 먹고 잘 사는 기득권층의 사람인 것 같은 글을 썼다. 선조 같은 어리석은 임금이 다스리는 세상을 태평성대라고 했으니-. 퇴계는 을사사화 때 자기 형 해가 맞아 죽는 것을 알았다면서도 이런 태평성대에… 맞아 죽는 선비가 나오는 세상을 어찌 태평성대라고 할 수 있을까. 그렇다면 박정희와 전두환이가 분탕질할 때도 태평성대라고 할 수 있는 게 아닐까? 퇴계의 판단력에도 잠시 문제가 온 것이지 싶다.

(2020. 2.)

청석령 지나거다

청석령 지나거다 초하구 어디메오
호풍도 차도 찰사 궂은 비는 무슨 일고
아무나 내 행색 그려다가 님계신데 드리과저

※ **해설** : 이제야 겨우 청석령을 지났느냐. 초하구라는 곳은 얼마나 더 가야하느
냐. 북쪽하늘의 바람은 매섭기도 매섭구나. 게다가 궂은 비는 또 무슨 일인고.
그 누가 나의 이 초라한 꼬라지를 그려다가 한양에 계시는 아버님(인조)께 드
릴까.

위의 시조는 인조의 아들 삼형제, 소현 세자, 봉림대군, 그리고 인평
대군 셋이서 병자호란이 끝나고 청나라에 볼모로 잡혀가는 길에 청석령
고개를 지나며 읊은 노래이다. 그 중 셋째아들 인평대군은 이듬해에 돌
아오고 소현세자와 봉림대군은 8년 뒤인 1645년에야 귀국했다. 형 소
현세자의 급사로 바라지도 않던 임금 자리에 앉게 된 봉림대군은 청나
라에 철저한 복수심을 품고 북벌을 계획하였다. 그러나 왕이 41살로 갑
자기 죽자 북벌계획은 시작해보지도 못한 채 물거품이 되고 말았다.
시조의 저자 효종에 대한 이야기를 좀 더 해 보자. 광해군의 실정으

로 인조반정에 성공해서 왕위에 오른 인조는 친명배청 외교노선을 고집하다가 청나라의 침입을 맞게 된다. 이것이 병자호란이다. 병자호란에 청나라에 항복한 인조는 세 아들, 소현세자와 봉림, 그리고 인평대군을 볼모로 청나라에 보낸다. 인평대군은 다음해에 돌아오고 소현과 봉림 형제는 8년 동안 청나라에 있다가 돌아왔다. 그런데 형제는 청나라에 대해 서로 정반대의 생각을 굳히고 돌아온 것이다. 형인 소현세자는 청의 문물에 흠뻑 빠져들어 자기가 장차 조선에 돌아가서 임금 자리에 앉게 되면 조선의 삶을 개혁할 여러 가지 진보적인 생각으로 꽉 차있었다. 그래서 그는 여러 인사, 지식인, 학자들과 교류하고 아담 샬 신부와도 접촉해서 서양의 과학 문명에 끝없는 호기심을 보였다. 그러나 당시 조선에 있던 귀인 조씨와 김자점 등은 소현세자가 청나라에서 임금노릇을 하고 있다느니, 그밖에 여러 가지 말로 인조와 소현세자를 이간질을 시켜 소현세자에 대한 인조의 감정을 극도로 악화시켰다.

여기서 잠시 말머리를 김자점의 족보로 돌려보자. 세조가 단종을 왕위에서 쫓아내고 그 자리에 자기가 앉아 성삼문, 박팽년 등의 충신들은 단종을 제자리에 다시 모실 계획을 한다. 이때 첫 모임에 참가하여 같은 동지로서 일을 꾸미던 김질은 행동단계에서 겁이 나서 장인 정창손과 함께 이 모의사실을 세조에게 일러바쳐 버렸다. 이래서 세조는 성삼문, 박팽년 등 단종 복위를 꾀하던 많은 신하를 모조리 죽였다. 이 김질의 집안에는 고자질, 이간질하는 DNA가 있는가, 이번에는 그의 15대손 김자점이 소현세자와 그의 아버지 인조 간에 이간질을 시켜 어리석기로 이름난 인조는 그의 아들을 냉대하여 죽이고 말았다.

한편 동생 봉림대군은(나중에 효종) 형 소현세자와는 반대로 철저한 반청주의자가 되어 돌아왔다. 그는 청에 복수할 것을 속으로 다짐한다. 이렇게 친청 인사가 되어 돌아온 소현세자는 인조의 미움과 배척을 받아 돌아온 지 며칠 만에 의문의 죽음을 맞이한다.(아버지 인조가 독살했다는 설이 매우 설득력 있게 들려온다. 자세한 이야기는 여기서 생략한다.) 죽은 소현세자를 이어 반청의 감정을 깊이 감추고 있던 사람이 임금(효종)이 되자 그는 곧 청을 칠 계획, 즉 북벌(北伐) 준비를 서둘렀다. 앞의 시조 "청석령 지나거다…"는 왕자의 신분으로 청으로 끌려갈 때의 처량한 심사를 읊은 것이다.

청강에 비듣는 소리 그 무엇이 우습관대
만산홍록(滿山紅綠)이 휘들어 웃는고야
두어라 춘풍이 몇 날이리 웃을 대로 웃어라

※ **해설** : 맑은 강물에 비 떨어지는 소리가 뭐가 그리 웃을 일인가. 산을 가득히 메운 울긋불긋한 나무들이 몸을 흔들어 대며 웃고 있구나. 봄바람이 몇일이나 남아 있겠느냐 웃고 싶은 대로 마음껏 웃어라.

인조의 둘째아들 봉림대군(효종)이 지은 노래다. 청에 대한 원한을 깊이 품고 북벌을 계획하고 송시열, 김상헌, 이완 등을 중용했으나 내외 이유로 북벌은 기회를 얻지 못하고 있던 중 효종이 갑자기 죽었다.

군산을 삭평천들 동정호 너를랏다

계수(桂樹)를 베어내면 달이 더욱 밝을 것을

뜻 두고 이루지 못하고 늙기 설워하노라

※ **해설** : 중국 동정호 안에 있는 군산을 깎아 없애버렸다면 동정호가 더 넓어졌
을 것이 아닌가. 달에 있는 계수나무를 베어버렸더라면 달이 더욱 밝아 질
것이 아닌가. 큰 뜻(북벌)을 품고도 이루지 못하고 세월만 가고 나는 늙으니
이 어찌 서러운 일이 아니겠는가.

위의 시조는 효종의 숙원인 청나라를 칠 북벌의 실무를 맡은 이완장
군의 시조다. 효종이 즉위한 후 포도대장과 어영대장이 되어 앞에서 얘
기한 김자점의 모반사건을 맡았다. 이완이 동부승지의 벼슬을 받을 때
도 문신들의 반대가 심하였다. 효종이 죽고 현종이 임금이 되었을 때
병조판서에 제수되었으나 그는 병조와 훈련도감을 겸임해서는 안 된다
며 한사코 병조판서를 사양했다.

여기서 한 가지 분명히 밝힐 것은 효종이 계획한 북벌에 백성 모두가
호응한 것은 아니었다. 이덕일에 의하면 왕의 북벌계획에는 2가지 흐름
이 있었다. 첫째 훈련대장 이완이나 원두표, 병조판서 박서 같이 북벌을
실천해야 할 극소수의 사람과 송시열 같은 말로만 북벌을 주장하면서
속으로는 북벌을 그리 탐탁하게 여기지 않는 집단이 있었다는 것이다.

사학자 이덕일을 따르면 우암(尤庵) 송시열은 왕의 강력한 권고에도
불구하고 그의 태도는 항상 미적지근했다고 한다. 요새 말로 옮기면 데
모대 앞에서 싸우자!는 소리만 목이 터져라 지르고 한 발짝도 나아가지
는 않는 데모대 리더였다는 말일 것이다. 깨놓고 말하면 우암은 겉으로

는 북벌 북벌했지마는 속으로는 북벌에 찬성하지 않았다고 한다. 설사 북벌이 실행되었다 하더라도 싸움터에 나가 본 적도, 싸움터에서 활 한 번 당겨 본 적도 없는 우암 같은 문신이 화살과 총알이 비 오듯 오가는 싸움터에서 어떻게 싸우는지나 알았겠는가.

역발산(力拔山) 기개세(氣蓋世)는 초패왕의 버금이요
추상절 열일층은 오자서의 우희로다
천고에 늠름 장부는 수정후인가 하노라

※ **해설** : 역발산 기개세는 산을 뽑을 힘, 세상을 뒤엎을 씩씩한 기상을, 추상절 열일층은 서릿발 같은 절개와 햇빛 같은 충성심, 지극한 충절을 말한다. 오자 서 = 초나라 사람이나 오나라를 도와 아버지와 형을 죽인 초나라를 멸망시킨 장군, 초패왕 = 항우, 수정후 = 중국 삼국지의 관우 장군이다. 산을 뽑을 만한 힘과 온 세상을 뒤엎을만한 기개는 항우 다음이요, 서릿발 같은 절개와 지극 한 충절은 오자서 장군보다도 내가 한 수 위일세. 천년만년 씩씩한 대장부는 관우 장군인가 하노라.

위는 조선 후기의 명장 고송(孤松) 임경업 장군의 노래다. 임경업은 무과에 합격하여 1624년 이괄의 난을 평정한 공으로 가선대부에 올랐 다. 병자호란이 일어나자 백마산성에서 청나라 군대를 차단하고 원병을 청했으나 김자점의 방해로 원병은 못 오고 결국 남한산성까지 포위된 것이다. 후일 명나라에 망명, 명군의 총병이 되어 청의 군대를 공격하 다가 포로가 되었다. 인조를 몰아내려는 심기원의 모반에 연루되어 청 에서 송환되어 친국을 받다가 장살(杖殺)되었다.

(2020. 2.)

청초 우거진 골에

청초 우거진 골에 자는다 누웠는다
홍안(紅顏)은 어디 가고 백골만 묻혔는다
잔(盞) 잡고 권할 이 없으니 그를 섧워하노라

※ 해설 : 푸른 풀 우거진 산골에서 황진이 너는 잠을 자고 있느냐 아니면 그냥 누워 있느냐. 젊고 예쁘던 그 얼굴은 어딜 가고 백골만이 묻혀 있는가. 술잔 잡고 권할 사람도 없으니 안타까운 마음만 더해 가는구나.

위의 시조는 나주 선비 백호(白湖) 임제가 평양도사로 부임하는 길에 황진이의 무덤 옆을 지나가다가 황진이를 생각하며 술과 안주를 준비하여 제사 드리며 지은 시조로 알려져 있다.

작가 임제는 조선 중기의 문신, 호는 백호(白湖)로 성운의 문인이다. 문과에 급제하여 예조정랑에 올랐으나 동·서 당파싸움을 개탄, 벼슬을 집어던지고 전국 명산대천을 찾아다니며 여생을 보냈다. 당대의 명 문장가로 이름을 떨쳤으며 율곡(栗谷) 이이, 허봉, 양사언 등과 교유하였다. 황진이의 무덤에 술잔을 올리는 순간 임백호는 평양도사 임백호가 아니요, 양반 임백호도, 선비 임백호도 아니요 오직 사나이 임백호였을 것이다. 임백호는 기상이 호방하여 어디에도 구속받는 일이 없었다 한다. 임백호는 죽을 때 그의 자식들에게 "내가 죽으면 곡(哭)은 하지 마라. 제왕으로 일컫지 못한 보잘것없는 나라에서 죽는 것이 무엇이 서러워 곡을 한단 말이냐."는 유언을 남겼다 한다.

선조는 백호가 황진이 같은 천인에게 엎드려 절하고 술잔을 올렸다고 백호를 파직해버렸다. 이는 조선조정이 얼마나 멋대가리가 없이 경직된 사람들로 붐볐던 것을 알 수 있다. 내가 임금 선조였다면 파직은커녕 사나이다운 행동을 했다고 불러서 술이나 한 잔 내리든지 아니면 상금을 주겠다. 한편 평양도사를 할 사나이가 황진이의 무덤인 줄 알면서도 인사도 않고 그냥 지나간 사람은 평양도사로서 멋대가리가 없는 '풍류결핍'이나 '비사나이적 행동'으로 몰아 외딴섬에 귀양을 보냈지 싶다.

　　어저 내 일이여 그릴 줄 모르더냐
　　있으라 했으면 가랴마는 제 구태여
　　보내고 그리는 정은 나도 몰라 하노라

※ **해설** : 아이구, 내 한 짓을 보아라. 보내놓고 나서 더 그리워하는 줄 모르고 그랬던가. 좀 더 있다가 떠나라고 붙들었으면 이렇게 뿌리치고 가버리지는 않았을 것을. 보내놓고 나서 그리워하는 심정은 왜 그런지 나도 모르겠구나.

내가 알고 있는 여명기의 노래로 처녀림 작사 이재호 작곡의 〈직녀성〉이라는 대중가요가 하나 있다. 위의 황진이 시조를 읊으면 금지곡으로 되어있었던 이 가요의 노랫말이 생각난다.

낙엽이 정처 없이 떠나는 밤에/ 꿈으로 아롱새긴 정한(情恨) 십년
기/ 가야금 열 두 줄에 시름을 걸어놓고/ 당신을 소리쳐서 불러본
글발이요

솔이 솔이라 하니 무슨 솔만 여기는다
천심절벽에 낙락장송 내 귀로다
길아래 초동의 접낫이야 걸어 볼 줄 있으랴

위는 강화 기녀 송이의 시조다. 송이는 해주 선비 박준한과 정이 깊
었다 한다. 사람들이 나를 두고 솔이 솔이 하는데 무슨 보통 솔로 아느
냐. 천길만길 되는 절벽 위에 서 있는 한 그루의 낙락장송 - 그것이 바
로 나로다. 낭떠러지 밑에 있는 하찮은 접낫 같은 것들이야 나한테 떠걸
어 볼 수가 있기나 할까 보냐. 그야말로 "택도 없다"는 말이다. 자기는
비록 기녀지만 유식한 식자문인들만 상대하지 나무꾼 따위의 무식한 인
사는 상대도 않는다는 도도한 풍모다. 그것도 말이 안 되는 것이 유식한
문사라고 사랑에 더 신의가 있는 것은 아니지 않는가. 아무리 시서화에
능하고 재주가 탁월한 기녀라 하더라도 기녀는 기녀, 사회의 온갖 설움
은 다 뒤집어쓰는 사람들이었다는 것은 부인할 수 없다. 다음 여명기
기생출신 가수 이화자가 취입한 노래 (조명암 작사, 김해송 작곡) 〈화류
춘몽〉을 보면 알 수 있다.

　〈화류춘몽〉
　꽃다운 이팔청춘 울려도 보았으며/ 철없는 첫사랑에 울기도 했더

란다/ 연지와 붓을 발라 다듬은 그 얼굴에/ 청춘이 바스러진 낙화
신세/ 마음마저 기생이란 이름이 원수다

　생각건대 황진이처럼 시, 문장을 겸비한 기생은 정을 주는 남성이 간
혹 일류 문사일 수가 있지만 그것도 100에 한 둘이지, 대부분은 그런
유(類)가 아닐 것이다. 그러니 황진이도 사랑에 허기진 사람, 입을 열었
다하면 고독이요 그리움이 아닌가. 그런데 송이처럼 도도한 기녀가 있
으니ㅡ. 혹시 주제 파악을 잘 못 한 것은 아닐까.
　임백호와 기녀 한우가 술상을 앞에 놓고 벌인 수작은 어느 시조 감상
책에서나 볼 수가 있다. 그런데 조선의 대문호 송강(松江) 정철과 강계
기녀 진옥이와 벌인 수작 또한 일품이다. 입이 떡 벌어질 정도로 노골적
이고, 설마 송강이 이처럼 지저분한 시조를 썼을까 의심이 갈 정도로
적나라하다. 이 시조는 송강이 강계로 귀양 가서 진옥이라는 기생과 술
자리에서 수작하여 지은 것으로 알려져 있으며(이런 귀양이라면 나, 이
동렬도 유배를 자원하겠다.) 진옥은 나중에 송강의 첩이 되었다고 한
다.
　먼저 여성 편에서 송강에게 던진 진옥의 추파를 보자.

　철을 철이라커늘 섭철만 여겼더니
　이제 보아하니 정철(正鐵)이 분명하다
　내게 골풀무 있으니 녹여볼까 하노라

※ **해설** : 사람들이 철이, 철이 떠들어대기에 순수하지 않은 가짜 철, 즉 섭철로만 여겼더니 오늘 내 눈으로 보니 정철이 분명하구나. 내게 쇠를 녹이는 골풀무 (여자의 성기)가 있으니 그것으로 정철을 한번 녹여보련다.

이런 욕망을 거침없이 뱉어내는 기녀의 용기도 용기려니와 재미있는 말로 이를 표현하는 문학적 재능도 보통이 아니라고 해야겠다. 이 노골적인 성(性)적 유혹에 우리의 문호 송강 선생께서는 어떻게 답할까 한번 보자.

옥을 옥이라커늘 번옥만 여겼더니
이제야 보아하니 진옥이 적실하다
내게 살송곳 있으니 뚫어볼까 하노라

남녀의 춘정이 무르녹은 바야흐로 초여름 더위를 연상케 한다. 송강 같이 지체 높은 양반이 이런 기녀와 마구 놀아날 판이니 바야흐로 여기는 양반이고, 상놈이고, 귀족이고, 천민이고, 남자고, 여자고 없는 세상. 한판 질펀하게 놀아보자는 것 말고 또 무엇이 있겠는가.

활 지어 팔에 걸고 칼 갈아 옆에 차고
철옹성 밖에 통개 메고 누웠으니
보았느냐 보았다 군호소리에 잠 못 들어 하노라

※ **해설** : 활에 시위를 걸고 잘 간 칼을 옆에 차고 철옹성 밖에 화살통을 메고

눈을 감고 누웠으니 "보았느냐" "보았다" 하는 군호소리에 도시 잠이 오질 않는구나.

위의 시조를 지은 사람은 백호(白湖) 임제의 아버지 임진이다. 임진은 조선 선조 때의 무관으로 전라도 절도사를 지냈다. 풍류객이요 문장가요 청순한 선비 임백호를 둔 임진은 언제 태어나서 언제 죽었는지에 대한 기록은 없다.

(2020. 2.)

청춘에 곱던 양자

청춘에 곱던 양자 님으로 다 늙었다
이제 님이 보면 날인줄 알으실까
아모나 내형용 그려다가 님의 손대 드리고저

※ 해설 : 청춘에 곱던 내 모양이 임 때문에 이 꼴이 되었네(다 늙었네). 지금 임이
나를 보신다면 나 인줄 알아보실까? 아무라도 좋으니 나의 이 꾀죄죄한 꼬락
서니를 그려다가 임에게 드렸으면 좋겠네.

위의 시조에서 임은 남녀 간의 애정 속의 임으로 볼 수도 있겠으나
여기서는 자기의 주군을 가리키는 것으로 보는 것이 더 타당하지 싶다.
이를테면 물러간 지가 오래 되는 신하가 자기의 옛 주인, 임금님을 다시
만난다면 임금님이 자기가 누구인 줄 알아보겠는가, 걱정하는 군주에
대한 사랑을 노래한 것이다.

이 노래를 지은 강백년은 조선 후기의 문신, 호는 설봉(雪峯)이다.
인조 5년에 과거에 급제, 정언·장령을 지내다가 강빈 옥사가 일어나자
강빈의 억울함을 상소하였다가 삭탈관직을 당했다. 2년 뒤 대사간이 된
후 다시 강빈의 신원을 상소했다가 이번에는 청풍군수로 좌천되었다.

재직 중에는 청백리로 이름을 남겼으며 온양의 정퇴서원, 청주의 기암서원에 제향되었다. 문집으로는 ≪설봉집≫이 있다.

강빈 옥사란 무엇인가? 강빈은 병자호란이 끝나고 청나라에 볼모로 가서 8년 동안 있다가 귀국, 아버지 인조의 미움을 받아 학질에 걸려 임금의 의사로부터 침을 맞다가 갑자기 의문의 죽임을 당한 소현세자의 부인 강 씨를 말한다. 아무 일 없이 그대로 있었으면 소현세자가 17대 임금이 되고 강빈은 왕비가 될 신분이었다. 그러나 병자호란은 그녀의 운명을 뒤틀어 놓았다. 청나라 군대에 포위되어있던 인조는 남한산성에서 내려와 삼전나루에서 청에 항복을 하고 청은 그의 아들 셋(소현, 봉림, 인평)을 볼모로 청에 데려갔다. 인평은 그 다음해에 돌아오고 소현과 봉림은 8년을 더 있다가 돌아왔다.

청에 가있는 동안 세자 소현은 청의 문물에 취하여 그 문물을 하루라도 빨리 조선에 도입하려는 욕심으로 많은 청의 지식인, 학자들과 만나며 친청정책으로 보일 수 있는 행동을 많이 보였고, 부인 강 씨는 포로로 잡혀간 조선인들을 조선으로 돌려보내는 데 크나큰 공헌을 하였다. 이 부부는 '조선의 대사관'으로 불릴 만큼 청과 조선의 관계에서 여러 가지 일을 도왔다. 그러나 당시 조선에 있던 김자점과 후궁 조씨는 짝꿍이 되어 인조에게 소현의 행동을 나쁘게 보고했다. 어리석기 짝이 없는 인조는 세자 부부의 행동을 인조 자신을 위협하는 행동으로 해석하기 시작했다.

고국에 돌아온 소현은 아버지 인조의 미움과 증오로 돌아온 지 2달이 조금 지나 학질에 걸려 침을 맞다가 의문의 깜짝 죽임을 당했다. 현대사가들은 물론 당시 지위가 높은 조정 신하들도 납득하기 어려운 터무니없는 죽음이었다. 34살의 건강한 소현세자를 죽인 칼날은 세자의 부인 강빈과 그 아들들에게 향하였다. 우선 강빈의 궁녀들을 잡아다가 국문을 했다. 아무 죄가 없는 강빈의 궁녀들은 강빈을 위해 죽음을 택하였다. 모두 14명이 죽었다. 인조는 또 강빈의 궁녀 5명과 주방 나인들을 죽도록 고문했다. 그 다음에는 인조는 강빈과 강빈의 친정오빠 둘, 강빈의 친정어머니, 그러니까 인조 안사돈까지 죄 없는 죄를 씌어 모조리 사약을 내렸다. 소현 세자의 세 아들도 제주도에 유배를 보내서 1년이 못 돼서 다 죽고 말았다. 며느리 강빈과 그녀의 주위 인물, 이를테면 친정오빠들, 친정어머니와 수많은 궁녀와 나인들을 죽인 것을 강빈의 옥사라고 한다. 설봉은 인조가 자기 며느리 강빈을 죽이는 것에 용감히 반대 의견을 던진 것이다. 강빈 옥사 때 사약으로 죽은 강빈 주위 사람들이 많았다. 그러면 사약은 어떤 약인가?

사약(賜藥)이란 "임금이 독약을 내린다"는 뜻이며 형법 교과서[刑典]에는 나와 있지 않은 약이다. 왕족이나 고등관리, 혹은 사대부가 큰 죄를 지었을 때 신분을 생각해서 교수형 대신 독약을 내려 자살하게 하는 형벌이다. 주로 비상(砒霜)을 재료로 썼으며 생금(生金), 생청(生淸), 부자(附子), 게의 알[蟹卵] 등을 섞어서 썼다 하나 공식적인 기록은 없으니 하나의 추측일 뿐이다.

선인교 내린 물이 자하동에 흐르니
반천년 왕업(王業)이 물소리뿐이로다

아이야 고국 흥망을 물어 무엇 하리오

    지은이 삼봉(三峯) 정도전은 이성계가 고려를 멸망시키고 조선 왕조를 세우는 데 크나큰 공헌을 한 사람이다. 그러나 이 시조에서는 고려에 대한 일종의 아련한 향수마저 배어드는 것 같다. 자하동은 개성 북쪽에 있는 경치 좋은 산, 반천 년이란 고려 475년이 대충 500년이 된다 해서 쓴 말이다. 나라의 흥하고 망하는 것을 흐르는 물소리에 비추어 인생무상 내지 제행무상을 뼈저리게 느끼게 하는 시조다.

    흥망이 유수(有數)하니 만월대도 추초(秋草)로다
    오백년 왕업(王業)이 목적(牧笛)에 부쳤으니
    석양에 지나는 객이 눈물겨워 하노라

※ **해설** : 흥하고 망하는 것이 운수가 정해져 있는 법. 고려 왕조의 대궐터인 만월대도 이름 없는 들풀로 덮여 있구나. 475(≒500년)년 이어온 고려 왕업도 이제는 목동의 피리 소리로 남아 있을 뿐이니 석양에 지나가는 객이 슬퍼서 눈물을 금치 못하겠구나.

    무척 슬픈 회고의 시조다. 위의 시조를 지은이는 고려 말, 조선 초의 은둔지사 운곡(耘谷) 원천석으로 두문동 72현 중 한 사람이다. 고려가 망하자 원주 치악산에 들어가 손수 농사를 지으며 살았다고 전한다.
    태종 이방원이 임금이 되기 전에 운곡에게 배운 적이 있어 그가 왕위에 오르자 방원은 옛 스승 운곡에게 벼슬을 주려고 여러 차례 불렀으나 응하지 않았다고 한다. 박정희를 초등학교에서 가르쳤다는 L씨는 박정희가 대통령이 되자 이 인연을 끄나풀로 해서 평생 부귀영화를 누리고 평생 동안 권력의 핵심에 어른거리는 것을 본 것이 생각난다. 운곡과는 비교도 되지 않는 차원이 다른 인품이다.

　　눈 맞아 휘어진 대를 뉘라서 굽다던고
　　굽을 절이면 눈 속에 푸르르랴
　　아마도 세한고절(歲寒孤節)은 너뿐인가 하노라

※ **해설** : 눈에 쌓여 구부러진 대나무를 누가 굽었다고 하던고. 그렇게 쉽사리 굽을 절개라면 눈 속에서 푸른 채로 남아 있을까. 아마도 추위를 이겨내고 절개를 지킬 이는 대나무 너뿐인가 하노라. 원척의 작품이다.

　　백설이 자자진 골에 구름이 머흐레라
　　반가운 매화는 어느 곳에 피었는고
　　석양에 홀로 서있어 갈 곳 몰라 하노라

위의 시조 작가는 본관을 한산, 목은(牧隱) 이색이다. 목은은 원나라에 가서 성리학을 공부한 후 돌아와서 벼슬이 대제학에 이르렀고 우왕의 사부가 되었다. 명륜당에서 정몽주, 김구용 등과 학문을 강론했다. 태조 이성계가 여러 번 불렀으나 '망국의 사대부는 오로지 해골을 고산(故山)에 묻을 뿐'이라며 끝내 사양했다. 저서로는 ≪목은 집≫이 있다.

위의 시조 3수에서는 고려에 대한 충절과 그리움을 노래하고 있다.

고려가 망하고는 야은 길재, 운곡 원천석, 목은 이색, 포은 정몽주, 이헌, 성여완, 등은 국운이 다한 고려 왕조를 그리워하며, 왕조를 잃은 비분강개한 심사, 일사불란한 충절을 노래한 사람들이 많다. 그러나 조선이 517년 동안 있다가 망해도 그것을 슬퍼하거나 그리워하는 노래는 무척 드물다. 이상한 일이다.

(2020. 4.)

하하 허허한들

하하 허허한들 내 웃음이 정웃음인가

하 기가 차서 느끼다가 그리되네

벗님네 웃지를 마라 아궈 찢어질라

※ **해설** : 하하 허허하고 웃는 내 웃음이 정말 웃음인가? 아니다. 하도 기가차서 그렇게 웃을 수밖에 없어서 그렇게 되는 것이다. 벗님네들이여 웃지를 마시오, 웃다가 아궈 찢어질 수가 있으니까.

세상 돌아가는 일에 환멸을 느껴 웃는 것이지 정말로 일이 재미있어서 웃는 것은 아니라는 것. 위의 시조를 보면 단어나 표현이 이전의 시조들과는 달리 점잖지 못하고 어딘지 상스러워 보인다. 엄격한 도학자 입장에서 쓰이던 시조들이 임진왜란과 병자호란을 지나고 영정조에 이르러 좀 더 자유분방해지고 엄격한 정형시 틀에서 벗어난 작품들이 나오기 시작하였다. 시조문학의 자유화를 알리는 종소리였다.

지은이 권섭은 숙종·영조 때의 문인으로 벼슬에는 나아가지 않은 채 일생을 문필로 보낸 선비이다. 큰아버지는 우암(尤庵) 송시열의 수제자로 알려진 권상하이다. 고려대학교 민족문화연구소에서 펴낸 〈고시조대전〉 2012년 판을 따르면 지금까지 수집된 4,600수가 넘는 조선시조 중에 권섭은 78수를 지은 것으로 적혀있다.

　　회 위에 발 사리고 앉아 나래를 고쳐 걸고
　　고리눈 기울이고 호기도 있을지고
　　언제면 좋은 바람 만나 훌쩍 날아가려뇨

※ **해설** : 닭이 회에 앉아 나래를 고쳐 잡고 눈을 기울이고 제법 호기도 있어 보이는구나. 그러나 언제고 바람이 불면 다른 데로 훌쩍 날아가버리려고.

　닭(Chicken)은 어느 모로 보아도 무시를 많이 당하는 가축 같다. 내가 캐나다로 처음 유학을 왔을 때는 머리가 나쁜 사람을 가리켜 chicken brain이다 하여 미국 사람들의 속어인 줄 알았는데 사전에 없는 것을 보고 의아해 한 적이 있다. "Count one's chicken before they are hatched" 하면 우리 속담의 "떡 줄 놈은 생각도 않는데 김칫국부터 마신다"는 말이다.

　구태여 의미를 찾아 붙이자면 제 깐에는 위엄과 지조가 있다고 보이나 형세가 바뀌면 금방 자기 입장을 바꾸어 한쪽에 붙고 마는 지조 없는 자의 행동거지를 빗대어 노래한 것이라 볼 수 있다.

　　하늘이 이 한 몸을 초초히 내었으랴
　　여뀌 백인들이 나를 어찌하리
　　두어라 저 할일 다하고 아무려나 하리라.

※ **해설** : 하늘은 이 한 몸을 근심하면서 이 세상에 나를 내놨겠는가. 여귀가 백이 있다한들 나를 도대체 어찌하겠다는 말인가. 끄떡없다. 남들이 무어라 하든 내 할 일은 내가 다 할 테니 그리 알아라.

북미 대륙의 공립 초, 중, 고등학교에서 가장 일관성 있게 강조하는 덕목의 하나는 '나'에 대한 강조이다. 내 생각으로 "너는 네 일이나 해라. 나는 내 일을 할 게."처럼 모든 일에서 나를 내세우는 교육은 미국 따라갈 나라는 없는 것 같다. 나를 강조하는 것은 연인을 구할 때나 전공을 선택하거나 결혼 상대자를 고르는 것 같은 모든 일에 '내'가 결정해야 한다는 생각이 강조된다. 자기 생각을 씩씩하게 표현할 수 있는 것을 중요한 덕목으로 생각하다 보니 영어로 aggressive(공격적)라는 단어도 한국 같은 집단주의 사회에서는 부정적 의미로 쓰일 때가 많은 말이나, 미국이나 캐나다 같은 개인주의 사회에서는 긍정적 의미로 쓰인다.

한국 같은 집단주의 사회에서는 지나치게 자기를 내세우면 오히려 역효과가 난다. 예로, 어른이 무슨 말을 할 때 설사 자기는 그 어른의 말에 동의하지 않으면 잠자코 있어야지 내 의견을 너무 드러내면 되바라졌다는 말을 듣지 않는가.

> 벗님네 남산에 가서 좋은 기약 잊지마오
> 익은 술 점점 쉬고 지진 꽃전 쉬어가네
> 자네네 아니 곧 가면 내 혼잔들 어떠리

※ **해설** : 남산에 가서 한 번 놀자는 제안이다. 술은 잘 익어 날이 갈수록 쉬어지

고 꽃으로 지진 전은 오래되면 쉬는 법. 모두 안가면 자기 혼자라도 가겠다는 위협이다.

  영동 영남 실컷 돌고 필마를 체쳐 몰아
  죽령 넘어 달려 우화교 건넛더니
  세우중 마상 잔몽에 춘흥겨워 하노라

※ **해설** : 영동 영남을 휩쓸고 다니다가 말을 다시 몰아서 죽령을 넘고 또 달려 우화교를 건넜더니 가랑비 오는 중 말 위에서 꾸는 잡꿈에 봄의 흥취를 만끽 하노라.

앞에서 말했듯이 위의 시조 2수의 저자 권섭은 좋은 집안에서 태어나 평생을 의식 걱정 없이 벼슬살이도 않고 매일 놀고 술 마시고 좋은 경치 를 찾아다니며 일생을 보낸 문인이었던 것은 알 수 있다.

  풍악이 즐겁다하나 듣기로서 다르도다
  즐거운 이 들으면 즐기고 슬픈 이 들으면 슬퍼하네
  아마도 심락(心樂)이 본이요 악락은 맘인가 하노라

지은이는 조선 후기의 문인 한설당(閒雪堂) 안창후이다. 벼슬에는 뜻 이 없어 평생 한설당에서 시문에만 힘썼다. 유교적 도덕을 기반으로 한 자신의 생활 윤리를 표방하는 시조 24수와 가사 1편을 지었고 〈한설당 유고〉가 있다.

위의 시조는 최근 시, 문학, 예술, 음악 등 전반에 유행되고 있는 포스트모더니즘의 핵심 원리를 잘 나타내고 있다고도 볼 수 있다. 즉 음악이란 그 음악을 듣는 이의 마음에 달려있다. 슬픈 생각을 하고 들으면 그 음악이 슬프게 들리고 즐거운 생각에 휩싸여 들으면 그 음악이 슬픔에 들린다. 다시 말하면 즐거운 마음을 가진 사람은 즐겁게, 슬픈 생각을 하는 사람은 슬프게 듣는다는 것이다. 객관적인 세상이란 존재하지 않고 개인의 감각기관을 통해서 들어 온 세상과 이전 경험에 따라 새로운 세계가 형성된다는 것이 포스트모더니즘 강령의 핵심이다. 그러니 진리 혹은 비진리(非眞理)란 무슨 객관적 기준에 따라 결정되는 것이 아니고 감각기관을 통해서 들어온 정보와 개인의 이전 경험에 따라 결정된다는 것. 예로, 세 사람이 똑같은 선생 밑에서 똑같은 지도법, 똑같은 악보로 똑같은 시간의 레슨을 받았다 해도 한 사람은 유행가조로, 두 번째 사람은 군가 부르듯이, 세 번째 사람은 찬송가 부르듯이 노래하는 것은 세 사람의 음악에 대한 이전 경험이 다르기 때문에, 이 과거 경험이 현재 경험 형성에 영향을 주기 때문에 그렇다는 것이다. 개인의 이전 경험이 중요시 되다보니 진리는 하나만 있는 게 아니요 여러 개가 있을 수 있음을 전제한다.

(2020. 2.)

한산섬 달밝은 밤에

한산섬 달 밝은 밤에 수루(戌樓)에 홀로 앉아
큰 칼 옆에 차고 깊은 시름 하는 적에
어디서 일성 호가(胡笳)는 나의 애를 끊나니

※ **해설** : 한산섬 달이 밝은 밤에 망루에 혼자 앉아 큰 칼 옆에 차고 깊은 생각에
잠기는 동안 어디서 퉁소소리가 내 창자를 끊어내는 것처럼 애처롭게 들려오
는구나.

대한민국 땅에서 사는 사람치고 이 노래의 작자, 이순신을 모르는 사
람이 있을까. 이순신은 서울 건천동에서 태어난 조선 중기의 명장이다.
1576년에 무과에 급제하여 여러 벼슬을 거친 후 유성룡의 천거로 전라
좌도 수조절도사가 되었다. 1592년 임진왜란이 일어나자 천재적인 신
출귀몰 작전으로 왜의 함대를 대파하였다. 말 그대로 100전 100승의
전적. 그 공으로 수군절도사가 되었다. 원균의 질투와 모함으로 1597년
이순신은 하옥되었다가 정유재란 때 노량에서 퇴각하는 왜군과 싸우다
가 순국하였다. 이순신은 글에도 능하여 ≪난중일기≫와 시로 한시 등
을 남겼다.

1982년 어느 봄날 대구대학에 집중 강의를 하던 시절 한산도를 구경할 기회가 있었다. 이순신의 유적을 만든 것을 보았다. 유적의 핵심인 수루를 크게 지어 그 앞에 "한산섬 달 밝은 밤에…"로 시작되는 이순신의 시조를 써서 대문짝보다도 크게 걸어 놨다. 농구장보다 약간 더 큰 수루(戍樓). 수루는 적의 동태를 살피기 위한 망루이다. 이 세상에서 제일 큰 망루를 한산도에서 본 셈이다. 망루를 이렇게 크게 짓는 법이 어디에 있는가?

이순신은 어떤 사람이었을까? 우선 이순신은 풍채가 그리 대단하지는 않았던 모양이다. 이순신과 같은 해에 무과에 급제한 고상안(高尙顏)에 의하면 "순신은 말과 논리와 지모가 남을 진압할만한 재주이나 용모가 두텁지 못하여 관상은 입술이 말려 올라간 듯 뒤집혀 복장(福將)은 아니었다"라고 그의 《태촌집》에 썼다.

이순신은 임진왜란과 운명을 같이 한 장수다. 임진왜란은 선조 25년 (1592년)에 일어났다. 우리나라에서는 임진왜란에 대해서 두 가지 오해가 있었다. 첫째는 일본이 4월 13일 느닷없이 부산을 공격했다는 것. 둘째는 조선통신사 부사로 간 학봉(鶴峯) 김성일이 "일본은 절대로 전쟁을 하지 않을 것이다"라는 보고를 받고 전쟁준비를 하지 않았다는 것이다. 말도 안 되는 소리다. 임금 선조는 일본이 침략해 올 것이라는 정보를 한 차례도 아니고 여러 차례 받았으며 그 나름대로 전쟁준비를 많이 했다. 이순신을 발탁한 것부터 대장 신립과 이일 장군을 여러 도에 보내서 병비를 순시토록 하였다. 이 모두가 전쟁준비가 아니라면 무엇인가?

임진왜란이 일어나자 선조는 유성룡을 도체찰사로, 신립을 삼도순변 사로 삼았다. 그러나 문제는 신립이 대궐문 밖에서 직접 무사를 모집했 으나 나서는 사람들이 없었다는 것이다. 기득권층의 양반 사대부들은 자동적으로 병역의무 대상에서 면제되는 현실에 왜 그들이 목숨을 걸고 체제를 위한 싸움에 참가하겠는가. 유성룡이 모집한 장사 8천명을 신립 에게 넘겨준 게 조선병력의 전부였다 한다. 임금 선조는 평양으로 도망 가서 중국으로 도망갈 궁리만 해서 유성룡이 협박하다시피 선조를 나라 밖으로 못 나가게 충고했다 한다.

이 꼴의 조선이 16만 명의 싸움꾼인 왜군을 어떻게 물리칠 수 있었을 까. 사학자 이덕일은 다음 세 가지 요소를 들고 있다. 첫째는 의병의 봉기, 둘째는 이순신을 필두로 한 조선 해군의 백전백승, 셋째는 명군 의 참전이었다고 한다. 여기서 이순신의 전공을 자세히 밝힐 필요는 없 다.

이순신은 날마다 전쟁준비, 어머니 걱정, 부하들 걱정에 잠 못 이루 고 소화불량, 호흡기 질환으로 밤새도록 잠을 못 이룰 때도 있었다 한 다. 그러나 이튿날 싸움에서는 "죽으려 하면 살고, 살려고 하면 죽는다" 를 외치는 표범으로 변하여 앞에 서서 부하들을 독전하였다.(임진 8월 15일) "…가을 바다에 들어 나그네의 가슴이 어지럽다. 혼자 배의 뜸 밑에 앉아 있으니 마음이 몹시 산란하다. 달빛이 뱃머리에 들고 정신이 맑아져서 누워서도 잠을 이루지 못하는데 어느덧 닭이 우는구나…"(19 일) "저녁에 광양현감이 진주에서 전사한 장병들의 명부를 보내왔다. 보고 있노라니 가슴이 아파 견딜 수가 없었다 …."

이순신은 당시 영의정 서애(西厓) 유성룡의 천거로 현감에서 전라좌
도 수군절도사에 임명되었다. 그야말로 파격적인 인사다. 그는 동인의
추천을 받았기 때문에 그를 시기하는 사람들이 많았다. 원균도 그 중 한
사람이었다. 이순신은 끝내 모함으로 직함, 계급을 모두 빼앗기고 죽음
직전까지 갔다가 유성룡의 변호로 간신히 풀려난 후 백의종군하였다.

　　이순신을 대신한 원균은 무모한 전술을 구사, 칠천량 해전을 시작으
로 패배를 거듭하다가 자기도 전사. 남은 것이라고는 전선 12척 뿐이었
다. 왜군을 대적해 싸울 의지도 용기도 없는 조선조정은 아예 수군을
폐하라는 명령을 내렸다. 이 통곡할 상황에서 이순신은 "신이 아직 살
아있고 전선 12척이 남아있으니(微臣不死尙有十二) 신이 죽지 않는 한
적이 감히 우리 수군을 허수롭게 보지는 않을 것입니다"는 눈물의 장계
를 올린 후 130척을 명량해전에서 대파하였다. 이를 생각하면 그에게
성웅(聖雄)이란 말은 열 번을 해도 모자란다.

　　당시 전쟁 영웅에 대한 질투와 모함은 도를 넘었다. 이순신의 죄를
떠들고 모함한 것은 동인 서애 유성룡을 때려잡기 위한 것이었다. 의병
을 일으켜 말할 수 없이 큰 공을 세운 망우당(忘憂堂) 곽재우는 모든
일에 실망하여 영영 세상을 등지고 숨어버렸다. 광주의 김덕령 장군은
서울로 압송되어 모진 고문 끝에 죽었다. 나라 일에는 관심이 없고 서로
밀고 당기는 당파싸움에만 바쁜 인간 구데기들은 그때나 오늘이나 정치
중앙무대에서 바쁘게 움직인다.

　　임금이 뒤에서 "이순신 장하다"고 칭찬 한번 했던가. 재상들이 밀어
줬던가, 졸개들이 박수를 쳐줬던가, 어디까지나 혼자서 고군분투하던

그가 가신 지 400년이 넘었다. 그 동안 이 겨레의 큰 별이 되어 보석 같은 빛을 내뿜고 있다.

> 춘산에 불이나니 못다 핀 꽃 다 붙는다
> 저 뫼 저 불은 끌 물이나 있거니와
> 이몸에 내없는 불이 나니 끌물 없어 하노라

※ **해설** : 봄 산에 불이 나니 채 피지도 못한 꽃들에도 불이 붙는구나. 산에 붙는 불은 끌 물이라도 있지만 이내 몸에 연기도 나지 않는 불이 나니 끌 물조차 없구나.

아, 이 절박하고 답답한 심정을 어이 할거나. 이몽학의 모반에 연루되어 잡혀서 모진 고문을 당하던 그 억울함과 호소할 때도 없었으니 그 심정이 얼마나 답답하였을까.

여기서 반란이란 왕의 종친이자 서자인 이몽학이 반란을 일으켜 선조 30년(1597) 충청도 홍주성을 쳐들어간 사건을 말한다. 당시 홍주 목사였던 홍가신은 박명헌 등과 함께 이몽학의 난을 진압했다.

임진왜란 때 '조선의 조자룡'으로 불리던 김덕령 장군은 어려서 무예를 익혔으며 성혼 문하에서 수학하였다. 임진왜란이 일어나자 종군, 전주에서 익호 장군의 호를 받았다. 권율의 휘하에서 망우당(忘憂堂) 곽재우와 협력하여 여러 차례 왜병을 격파하였다. 그러나 나중에 억울하게 모반에 연루되었다 해서 조사받다가 장살되었다.

(2020. 3.)

태산이 높다하되

태산이 높다하되 하늘 아래 뫼이로다
오르고 또 오르면 못오를이 없건마는
사람이 제 아니 모르고 뫼만 높다하더라

조선 초기의 문신 봉래(蓬萊) 양사언의 시조다. 초등학교 교과서에 나오는 시조로 우리 세대에는 너무나 잘 알려진 시조다. 양사언은 한석봉, 안평대군과 더불어 조선 전기의 명필로 꼽히는 선비요 관료다. 태산은 중국 산동성에 있는 산으로 높이가 1,600미터도 채 안 되는 산. '하면 된다'하는 것이 이 시조에서 주장하는 골자다. '하면 된다'는 생각은 많은 경우 사람들에게 용기와 성공을 맛보게 해준다. 그렇다고 세상만사가 '하면 되는 것'은 아니다. 하면 된다는 긍정적인 생각은 좋으나 이 세상에는 죽어라 해도 안 되는 일도 많다는 것을 알아두는 것도 중요하다. 그러니 '하면 된다'는 생각에 너무 집착해도 심리적으로 큰 손해를 볼 수가 있다.

양사언은 30살에 과거에 급제하여 함경도와 강원도 먼 고을의 외직

만을 역임하고 한 번도 내직을 맡지 않았다. 봉래에 대해서는 다음과 같은 일화 한 토막이 전해온다. 1564년 강원도 구선봉 감호가에 봉래는 정자를 하나 지은 적이 있었다. 정자 이름을 비래정(飛來亭)이라 짓고 고래의 수염으로 큰 붓을 만들어 손수 편액글씨를 쓰는데 '飛' 자만 정자의 벽 위에 걸어두었다. 20년이 지난 어느 날 밤 큰바람이 일어 정자의 문이 열리고 책과 병풍 족자가 날려서 밖에 떨어졌다. 그런데 유독 비(飛) 자만 공중 높이 올라가 바다를 향해 점점 멀리 날아갔다. 그 뒤 날짜를 헤아려보니 양사언이 유배지에서 죽은 날이었다 한다. 이승수의 책에 양사언에 관한 다음과 같은 일화가 나온다.

양사언이 하루는 남포에서 낚시질을 하는데 종일토록 한 마리도 잡지 못했다. 마침 나무꾼 아이가 지나가다가 말했다. "미끼는 큰데 물은 얕으니 헛수고예요. 멀리 가야 합니다." 그 말을 듣고 보니 묘한 감회가 일어났다. 미끼는 양사언이 지닌 포부요 얕은 물은 편협한 조선 사회, 물고기는 뜻을 펼칠만한 지위이다. 양사언이 낚싯대를 거두는 이 순간 바람이 일어났다. 이렇듯 선계를 향한 꿈은 세상의 좌절에서 태어나는 것이다.

양사언의 어머니에 대한 일화도 흥미롭다. 그러나 지면상 생략한다. 결론적으로 말하면 양사언의 어머니는 스스로 어느 양반을 찾아가 안주인 없는 집의 후실이 되었고 양사언은 불우한 서얼로 소개되었다는 것이다.

내 집이 길치인 양하여 두견이 낮에 운다
만학천봉에 외사립 닫았는데
개조차 짖을 일 없어 꽃 지는데 졸더라

※ **해설** : 내가 사는 집이 큰길에서 멀리 떨어져 있는 호젓한 곳에 있다 보니 두견새가 낮에도 운다. 높고 험한 산에 겹겹이 싸여있는 집에 외사립은 닫혀 있는데 개조차 짖을 일이 없어 꽃은 지는데 꾸벅꾸벅 졸고 있더라.

작자 미상의 작품이다. 개조차 짖을 일 없어 졸고 있는데 오가는 사람이 어디 있으랴.

조선 말기에 이 삼천리 강토에서는 자기가 제일가는 시인이라고 떠들고 다니던 황오라는 시인이 남긴 오언절구가 생각난다. 앞에서 황오의 시를 소개했지마는 또 한 번 소개를 한다.

내 집에 흰 개 한 마리가 있으니, 손을 보고도 짖을 줄을 모르더라.
붉은 복숭아 꽃 그늘에 잠들었는데 꽃잎이 개수염에 놓였더라.
吾家有白犬/ 見客不知吠
紅桃花下睡/ 花落犬鬚在

68년 전 중학교 국어 시간에 배웠던 시조 한 수, 노산 이은상의 〈적벽놀이〉가 생각난다. "백년도 잠깐이요 천년도 꿈이라는데/ 여름날 하루해가 이리도 길다더냐/ 인생은 유유히 살자 바쁠 것이 없느니."
그렇다. 여유 곧 행복이다.

잘 가노라 닫지 말며 못 가노라 쉬지 말라
부디 끊지 말며 촌음을 아껴 쓰라
가다가 중지 곧 하면 아니감만 못하리라

이 시조는 해석이 별도로 필요 없는 시조다. 닫지 말며의 닫지는 달리지 말라, 촌음을 아껴 써라의 촌음은 일초의 짧은 시간을 가리키는 말이다. 조선 영조 때의 시조작가요 가객인 남파(南坡) 김천택의 작품이다. 남파의 생몰연대에 대해서는 알려진 바는 없으나 1680년대 말로 짐작되며 숙종 때의 포교였던 것으로 알려져 있다. 중인 계층으로 관직생활은 젊었을 때 잠시 지냈고 평생을 여항에서 가객으로 지낸 것 같다. 남파는 그 당시 시대정신이었던 실학의 영향을 받아 시조집 만드는데 선각자적인 역할을 해서 최초의 시조집 ≪청구영언≫을 편찬했다. 남파는 '경정산 가단'의 김유기, 김성기 등과 가깝게 지냈으며 그가 죽은 뒤로는 김수장이 바턴을 이어받았다. 시조는 모두 75수가 전해온다.

부모 살아 실체 시름을 뵈지 말며
낙기심(樂基心) 양기체하여 만세를 지낸 후에
마침내 향화(香火) 부진이 긔옳은가 하노라

※ **해설** : 부모님이 살아계실 때에는 절대로 근심걱정을 보이지 말 것이며, 그들의 마음을 즐겁게 하고 몸을 보양하며 오래오래 사실 수 있도록 하다가 돌아가신 후에는 영전에 향불이 끊이지 않게 하는 것이 자식으로서의 마땅한 도리다.

영조 때의 가객 노가재(老歌齋) 김수장의 창작이다. 노가재는 전라도 전주 출신으로 김천택과 더불어 숙종─영조 기를 대표하는 가인이다. 1755년에 3대 시조집의 하나인 ≪해동가요≫를 편찬하였다. 서울 화개동(지금의 종로구 화동)에 노가재를 짓고 음악 활동을 했다.

터럭은 희었어도 마음은 푸르렀다
꽃은 나를 보고 태 없이 반기거늘
각시네 무슨 탓으로 눈흘김은 어째오.

※ **해설** : 내 머리털은 하얗게 희지마는 내 마음은 아직 청춘이라오. 자연의 꽃은
나를 보고 자연스레 반갑게 대하는데 이 각시네야, 당신네들은 도대체 무슨
이유로 내게 눈흘림을 하시오?

사람이 겉모양으로 나이 들어 보이느냐 아니냐를 판결하는데 가장
많이 쓰이는 증거는 머리털이지 싶다. 머리털이 희면 나이가 들어 보이
는 걸로, 아니면 젊었다고 보는 것이다. 나도 흰 머리카락이 발견되던
첫 번째 1, 2년은 부지런히 흰 머리카락은 뽑아버렸다. 그렇다가 3년째
부터는 뽑기를 아예 포기해 버렸지 싶다.

태산에 올라앉아 사해를 굽어보니
천지 사방이 훤칠도 한지이고
장부의 호연지기를 오늘에야 알괘라

※ **해설** : 태산에 올라 앉아 사방을 둘러보니 천지사방이 확 트인 것이 훤칠하기
도 하구나. 대장부로서 호연지기를 오늘에야 알겠구나.

장부로 태어나서 입신양명 못할지면
차라리 다 떨치고 일 없이 늙으리라
이밖에 녹록한 영위에 거리낄 줄 있으랴

※ **해설** : 사내대장부로 태어나서 한 번 크게 성공하여 세상에 이름을 날리지 못할 바에야 차라리 모든 것 다 내려놓고 아무 일 없이 늙어 가리라. 이밖에 하잘것없는 자질구레한 일에 얽매일 필요가 어디 있겠는가.

위의 시조 3수는 모두 김유기가 지은 것이다. 김유기의 생몰연대는 알려진 것이 없다. 전라도 남원 출신으로 숙종—영조 당시에 김천택 등과 활동하여 '여항 6인'으로 불렸던 창곡의 명인이다.

추월이 만정한데 슬피우는 저 기럭아
상풍(霜楓)이 일고하면 돌아가기 어려우리
밤중만 중천에 떠 있어 잠든 나를 깨우는고

※ **해설** : 가을달이 휘영청 뜰에 가득한데 슬피 우는 저 기러기야 서리 바람 한 번 높게 일면 돌아가기가 어려울 텐데 한밤중에 높이 떠서 잠든 나를 왜 깨우느냐.

지은이는 숙종, 영조 때의 가객 김두성이다. 김천택 김수장 등과 경정산 가단에서 활동하였다. 시조 19수가 전한다.

(2020. 3.)

작품별로 지은이 찾아보기

지은이 작품별 찾아보기

이동렬 교수의 옛시조 감상

옥에 흙이 묻어

이동렬 교수의 시조 이야기

옥에 흙이 묻어